KB170531

자유바다 너른바위

자유바다 너른바위

/

강혜란 에세이

/

soyolou

강혜란 에세이

자유바다 너른바위

2021년 11월 25일 펴냄

지은이 | 강혜란

펴낸이 | 박윤희

펴낸곳 | 도서출판 소요-You

디자인 | 소일프로젝트

등록 | 2013년 11월 12일(제2013-000009호)

주소 | 부산시 중구 대청로137번길 11

전화 | 070-7716-9249

팩스 | 0505-115-5618

전자우편 | pyh5619@naver.com

ISBN | 979-11-88886-14-2

이 도서는 한국출판문화산업진흥원에서 주관한 '2021년 인생나눔교실 (예비) 멘토 양성 교육 사업'에서 우수 자서전으로 선정되어 제작비를 지원받았습니다.

차
례

1

연극과의 만남-심장소리

지금 사람들은 내가 내성적인 성격이었다고 하면 모두가 의아해 여길 거다. 나는 사람들과 어울려 술 한잔하며 이야기하는 걸 좋아하고, 말도 많고 활발하다. 하지만 학창 시절 나는 아주 내성적인 성격이었다. 수업 시간에 발표하려고 손을 든 기억이 거의 없다.

　　6학년 때 이와 관련된 특별한 경험이 있다. 한 반에 70명이 넘는 시절에 담임의 차별을 느끼고 있었기에 애써 나는 손을 들어 발표할 필요를 못 느꼈다.

　　학기 초 분단 별로 청소를 마치자 선생님은 우리 모두를 불러 나란히 세워놓고 아버지가 뭐 하는지 물어보았다. 6학년 정도면 그 질문의 의도가 뭔지 알 수 있는 나이다. 자신의 책상 앞에 나란히 서 있는 제자들 앞에서 입꼬리를 올리고 웃던 그 얼굴이 아직도 잊히지 않는다. 어떤 회사 다닌다고 하면 회사에서의 직책이 뭐냐고 물었다. 그 당시 아버지는 동명목재를 다니고 계셨고,

직책이 뭐냐고 묻는 말에 난 모른다고 답했다. 현장 노동자로 조에 조장 직책인 걸 알고 있었지만, 선생님의 뻔한 의도를 알고 있었기에 속으로 코웃음을 쳤다. 동명목재라는 부산의 큰 회사에 다닌다는 말에 선생님은 잔뜩 기대했을지도 모르겠다.

4학년 때 남천동에 삼익아파트가 생겨났다. 부자 동네로 탈바꿈이 되었고, 남천국민학교는 선생님들이 선호하는 학교라는 소문이 자자했다. 2년만 근무하면 집 한 채를 산다는 풍문이 돌았다.

차별은 너무 표가 났다. 노래를 진짜 잘하는 친구가 있었다. 수업 시간에 누구 노래를 들어 볼까 하면 우린 모두 그 친구를 청했다. 하지만 담임은 "누구 시켜 볼까?" 하면서 KBS 합창단 활동을 하던 이○○을 불러내었다. 노래도 그다지 잘하지 못하고 잘난 체에 아주 얄미운 친구였다.

검은색 자가용이 학교 운동장을 가로지르며 우리 교실 방향으로 들어오는 게 보였다. 화려한 옷차림에 선글라스를 끼고 차에서 내리는 사람은 ○○의 엄마였다. 수업 시간임에도 황급히 문을 열고 나가 하얀 봉투를 받던 선생님. 선생님은 ○○에게 노래를 시켜야 하는 의무감 가득한 표정으로 우리를 바라보았다.

하지만 우리는 다른 친구 이름을 계속 불렀다. 선생님은 얼굴 가득 만면의 미소를 머금고 "아 그래 이○○ 나와서 노래한 곡해라." 하며 노련하게 분위기를 주도했다. 선생님은 우리들의 눈치가 안 보였을까? 그것보다 ○○이 집에 가서 "선생님이 나 노래 안 시켰어"라고 일러바칠까 봐 두려웠을까? 뻔뻔하게 ○○을 시켰다. 그런데 ○○은 더 가관이었다. ○○은 천불이 날 정도로 미적거리며 나왔다. 노래를 시작하다가도 멈추고 또 시작하다 멈추고를 반복하는 날이 있는가 하면, 어떤 날은 노래를 잘 못 불렀다고 갑자기 책상에 엎드려 울기도 했다. 그때 씁쓸해 보이던 선생님의 얼굴이 지금도 사진처럼 박혀있다.

실과 시간이었다. 교실에서 실험도 하고 실습도 다 하던 시절이었다. 도넛을 만드는 실습을 하는데 우리 조의 친구가 실수하는 바람에 뜨거운 기름이 나의 팔에 튀었다. 금방 여러 군데 물집이 생겼다. 선생님은 나를 향해 "빨리 양호실 가라."고 하며 걱정하는 눈빛 하나 없이 짜증스럽게 소리를 쳤다. 친구랑 양호실로 가는데 눈물이 핑 돌았다.

수업 중이라 조용한 복도를 걸을 때 친구가 "샘 진짜 너무한다."라며 나를 염려해 주었다. 만약 자기가 편애하는 아이나, 봉투를 주던 학생이 다쳤다면 저랬을까? 세월의 흐름만큼이나 흔적이 많이 없어졌지만 한 군데 남아 있는 그때의 흉터는 영원히 기억을 소환하는 증거로 남아 있다.

초등학교 때 나는 공부를 열심히 해본 적이 없었다. 시험을 친다고 해도 공부를 하지 않았다. 학교 마치면 집에 가서 가방 던져놓고 동네 친구들이랑 놀기 바빴다. 매일 라면땅, 깡통 차기, 고무줄놀이, 오징어 달구지를 하며 진짜로 열심히 놀았다. 4학년 때부터 1년간 다닌 주산학원이 내 공부의 전부였다. 그런데도 6학년 시험 성적이 아주 잘 나왔다. 친구들도 놀랄 정도로. 나도 놀랐다. 수업 시간에 충실했던 것이 다였다.

시험이 끝나고 나면 선생님은 틀린 숫자대로 학생들의 손바닥을 때렸다. 그 많은 학생 점수를 하나하나 확인하여 90점 미만이면 틀린 수만큼 때렸다. 그 역시도 차별의 표가 났다. 자기가 좋아하는 애는 "네가 웬일로?"라며 장난치듯 약하게 때렸다. 다른 아이들은 손을 피하고 싶을 정도로 세게 내리쳤다.

졸업이 다가왔다. 성적이 좋았기 때문에 당연히 우등상을 받을 거로 생각했었다. 우등상 받을 사람을 한 명씩 불러 세웠다. 20명가량 되었다. 당연히 있을 거라 믿었던 명단에 나는 없었다. 졸업식 날 통신표를 받고서 그 이유를 알 수 있었다. 음악, 미술, 체육, 실과 등의 과목이 전부 우였다.

나의 졸업식 사진은 울어서 퉁퉁 부은 눈에 입은 툭 튀어나온 모습으로 찍혀 있다. 졸업식을 마치고 짜장면을 먹으며 엄마가 "봉투 하나 제대로 못 줘서 그런 걸 우짜겠노."라며 나를 위로해 주셨다. 그렇지만 내 마음의 상처는 오래도록 아픔으로 남아 있다.

직장에 입사하고 얼마 지나지 않아 서면의 어느 식당에서 6학년 때 담임선생님을 우연히 보았다. 인사를 할까 하다가 말았다. 인사를 한 뒤 그때의 얘기를 하면서 "선생님 이젠 그러지 마세요."라고 말해주고 싶었다. 하지만 그만두었다. 그렇지만 지금 생각해도 그렇게 말 못 한 것이 후회된다. 세월이 지난 후 다른 친구들에게서 들은 이야기지만, 자기 반 아이들 과외도 많이 했다고 하는데, '시험문제는 유출하지 않았을까?' 하는 의심이 든다.

우리 학교 여학생들은 모두 같은 광안여자중학교로 진학했다. 전두환이 집권하면서 과외가 전면 금지되었다. 6학년 때 공부 잘한다는 친구들의 성적은 중학교 가니 바닥으로 떨어졌고 울고불고 난리였다. 엄마의 치맛바람과 거기 편승한 선생들의 부정한 행위가 그들을 울고불고하게 했겠지? 그때의 선생님에 대한 내 기억은 원망과 혐오 그 자체다. 살면서 내가 누군가에게 이렇게 비치도록 살지는 않을 거라고 다짐했다.

내성적인 내 성격을 말하려다 보니 어쩔 수 없이 아직도 가슴에 남아 있는 서러움과 상처가 튀어 나왔다. 발표하려고 해도 시켜주지도 않을 담임이기에 먼저 손을 들지 않았다. 또 한편에는 부끄럽고 떨렸기 때문이기도 했다. 국어 시간 이름을 부르는 순서대로 돌아가며 책 읽기를 하고 있었다. 그만하라 할 때까지 한 페이지 정도씩 책을 읽고 있었는데 느닷없이 내 이름을 불렀다. 벌떡 일어나 책을 들고 읽기 시작했지만 책을 든 손과 목소리는 덜덜 떨리기 시작했다. 그렇게 한 페이지를 다 읽었는데도 선생님이 다른 생각을 하고 있었는지 그대로 내가 읽게 내버려 뒀다. 시간이 너무 길게 느껴졌다.

어느 정도의 시간이 지나자 나에게 기적 같은 현상이 일어났다. 떨리던 것도 멈추고 글자를 더듬거리던 것도 사라졌다. 너무나 자연스럽게 술술 책을 읽는 나를 발견했다. 친구들도 놀라운 표정으로 나를 쳐다봤다. 더 놀라건 나였다.

"그만 다음." 하는 선생님의 말에 한참이 지나서 나의 책 읽기는 멈췄다. 자리에 앉을 때 느껴졌던 그 기분은 무대 위에서 연기에 몰입이 잘 될 때 간혹 느끼는 카타르시스와 동일한 상태였던 것 같다.

어떠한 일이든 어느 정도의 과정이 필요하다는 것을 알았다. 시간이든 노력이든. 떨리고 긴장되더라도 집중해서 시간이 지나면 안정이 된다는 것을 몸으로 느낀 첫 경험이 되었다. 담임이 나에게 자신감을 심어주려고 의도한 것은 아니겠지만, 이 부분에 대해서는 감사히 여긴다.

내가 초등학교 중학교 다닐 때만 해도 부산 남구 대연동은 부자 동네라는 소리를 들었다. 이곳에는 부자들이 사는 저택들이 많았지만 우리 집 동네는 예외였다. 황령산 아래 대동골은 논농사 짓고, 소도 키우는 아주 시골스러운 곳이었다. 군부대와 안기부가 마을 들어가는 입구에 떡 자리 잡고 있었던 곳으로, 당시 택시 타고 "안기부 뒤에 갑시다." 하면 승차거부도 예사였던 곳이다. 지금은 군부대와 안기부가 이전을 하고 대규모 아파트 단지가 들어서 있다.

초등학교 4학년 무렵부터 부모님께서는 늘 "우리 집 형편이 어려우니 넌 여상을 가야 한다."라고 하셨다. 그때 처음으로 과외를 받았다. 동네 공부방 형태였는데 상업고등학교 다니던 오빠에게 주산을 배우러 다녔다. 그래서 상업학교로 진학을 하는 것은 당연하다고 생각했다. 열심히 다녀서 급수증도 땄다.

중학교 3학년 때 대학을 가고 싶다는 마음에 인문계로 진학하고 싶다는 주장을 잠시 했었지만, 초등학교 때보다 더 어려워진 집안 형편으로 상고로 원서를 썼다. 6학년 때 아버지가 다니시던 회사가 망하면서 아버지는 택시 운전을 하셨다. 운전 중 사고로 인해 빚을 크게 지게 되었다. 그래서 더더욱 대학 진학은 꿈도 꿀 수 없는 상황이 되었다.

처음 사고는 새 차를 들이받아서 차 한 대 값과 합의금으로 작은 집 한 채 값을 들었다. 그때는 보험 제도가 제대로 되어있지 않아서 회사택시라도 고스란히 운전사의 책임이었다. 우리가 성인이 되고도 한참 후에 그때 힘들었던 이야기를 엄마에게 들었다. 상대편이 합의를 해주지 않아서 엄마가 보따리에 돈을 싸 들고 가서 무릎을 꿇고 애원을 했다고 하셨다. 대연동 대 저택에 사는 사람들에게.

아버지에 대해 오랜 세월 동안 두고 있었던 무거운 마음을 떨쳐내게 된 것은 명상 모임에서였다. 사실 아버지를 원망하고 있는지 미워하고 있는지조차 모르고 그냥 무심하게 살아왔다. 일부러 얘기하고 기억할 필요 없이 잊으면 되니까.

어린 시절에 기억나는 사건을 떠올리며 검은 점에 던져버리는 블랙홀 수련이라는 걸 하고 있는데 아버지란 이름에서 눈물이 쏟아졌다. 울컥 뭔가가 북받쳐 올라 엉엉 소리를 내고 두 시간을 울었다. 이렇게 깊이 감정들이 쌓여있을지 몰랐다. 가슴이 후련해졌다. 그러고 나니 아버지가 너무 편했다. 술친구도 되고 얘기 친구도 되어 "혜란이 네가 내 마음을 제일 잘 안다." 아버지는 요즘 이렇게 얘기하신다.

고등학교 원서를 쓸 때의 기억은 항상 머릿속에 남아 있다. 무섭기는 했어도 내가 존경했던 담임선생님. 한참 유행하던 '캔

디'와 '베르사유의 장미' 만화를 보다가 담임께 들켰다. 십여 명을 엎드려뻗쳐 시킨 후 회초리로 허벅지를 때리던 선생님의 모습은 정말로 무서웠다. 그러나 매일 아침 조회시간에 명언이나 우리 삶에 지침이 되는 말들을 한자로 휘갈겨 써서 설명해 주던 모습은 존경스러웠다. 졸업할 때 선생님은 반 애들 모두에게 자신이 좋아하는 시나 시조를 하나씩 적어 내라고 하셨다. 졸업식 날 우리는 선생님께 봉투를 하나씩 받았다. 붓글씨로 한지에 손수 쓰신 내가 좋아하는 시조가 봉투에 고이 담겨 있었다.

균열

차라리 절망을 배워 바위 앞에 섰습니다.
무수한 주름살 위에 비가 오고 바람이 붑니다.
바위도 세월이 아픈가 또 하나 금이 갑니다.

이호우 님의 시조다.

어느 날 "여상 갈 사람 손들어."라고 하셨다. 고교 진학에 대한 조사였다. 난 손을 들었다. 그랬더니 옆의 친구들이 "혜란아 네가 왜 손을 드냐?" "응 난 여상 갈 거야"라고 했지만 부끄럽기도 했고, 부럽기도 했다. 친구들 모두 우리 집이 그렇게 어려운지 모르고 있었다. 원서를 쓰는 날 부모님 한 분이 오셔야 된다고 했다. 아버지께서 시간 내서 오겠다고 했지만, 난 엄마가 왔으면 했다. 그때의 아버지는 내게 부끄러움의 대상이 되어있었다. 집안이 가난해진 게 모두 아버지 탓이라고 여겼던 때였다. 하지만 내색하지 않았다. 회사를 다니고 있었던 엄마가 외출을 해서 학교에 오셨다.

"혜란이 니는 공부 잘하는 데 와 부산여상을 가려고 하노?" 용 꼬리 뱀 대가리 하면서 일류 학교 가서 꼬리가 되느니 이류로 가서 대가리가 되는 게 낫다는 말들을 많이 했다. 그래서 나도 부산여상으로 원서를 썼고, 선생님의 그 말씀은 엄마의 마음을 흔들었다.

"니보다 성적 안 좋은 아들도 진여상 썼다. 지금 쓰면 못 바꾼다." 엄마는 아쉬워하셨다.

물론 며칠 뒤 부산진여상으로 원서를 바꿨다. 딸이 공부 잘한다고 걱정 안 해도 된다는 선생님의 칭찬을 들은 엄마는 의기양양하게 운동장을 가로질러 돌아가셨다.

그날 아버지는 또 큰 사고를 냈다. 두고두고 잊히지 않는 사건이다. 만약 원서를 쓰는데 아버지가 오셨다면 사고가 나지 않았을까? 횡단보도를 건너던 초등학생 여자아이를 친 것이다. 다리를 좀 다친 사고였는데 합의를 해주지 않았다. 아버지는 구치소에 갇히셨고, 사고 수습을 위해 사방팔방 뛰어다닌 사람은 엄마였다. 아버지는 운전면허가 취소되어 더 이상 택시 운전을 할 수 없었다. 차라리 잘된 일이었다.

1983년! 부산진여자상업고등학교에 입학했다. 부산진여상은 인문계보다도 커트라인이 높았고 알아주는 명문이라 자부심도 컸다. 그해는 교복 자율화가 되어 사복이 교복이 되었다. 중학교에서 공부깨나 했다는 시내 곳곳에서 온 친구, 마산과 삼랑진 등 시외에서 통학하는 친구, 자취하는 친구 등 다양한 친구들과 고교 시절을 보냈다.

1학년 입학하면 특별활동 부서를 선택하게 된다. 나는 친했던 친구와 사진반에 가입하기로 하고 사진반 모집 공고를 기다리고 있던 어느 날이었다.

칠판 왼쪽 편에 '연극반 모집 토요일 오후 2시 음악실'이라는 문구를 발견하는 순간 심장이 뛰기 시작했다. 심장 소리가 들릴 정도로 쿵쾅거렸다. 그 순간 연극반에 들어야겠다는 결심을 했지만 아무에게도 말하지 않았다. 어떤 준비를 해야 하는지 모른 체 그 시간만을 기다렸다.

드디어 토요일이 되었다. 그런데 갑자기 담임선생님께서 수업을 마친 후 교무실로 와서 일을 도우라고 했다. '잠깐이면 되겠지'하고 교무실에서 시작한 일이 두 시가 다 되었는데도 끝날 기미가 보이지 않았다.

"샘 저 지금 가야 되는데요."

"왜?"

"연극반 오디션 보러 가야 해서요."

간호학과를 나온 교련 선생님이신 담임은

"무슨 연극이냐 공부해야지."라며 안 보내주셨다.

두시가 넘어갔다.

어찌할 바를 모르고 "샘… 가야 되는데…"

국민윤리과목을 가르치시는 부담임 선생님께서
"연극이 얼마나 멋진 일인데…"하시면서 나를 도와주셨다.
그때 내게 그 선생님은 하늘 같은 존재였다.

음악실로 쏜살같이 달려갔는데 문이 굳게 닫혀있었다. 이미
시간은 늦어 있었다. 문을 크게 두드렸다. 그랬더니 문이 빼꼼히
열리면서 엄한 선배의 모습이 보였다.

"뭔데?"

"죄송합니다. 제가 샘 일을 돕다가 늦어서… 오디션 보러 왔는
데요."

그때 나를 노려보던 그 선배의 눈빛은 안 들여보내 줄 것 같
았다. 한참을 노려보더니 문을 열어주면서 메모지 한 장과 대본
한 장을 주었다. 메모지의 질문에 답을 하고 대본은 연습해서 오
디션을 본다는 거였다. 대본은 〈시집가는 날〉 이쁜이와 갑분이의
대사가 적혀있었다. 난 이쁜이의 대사를 조용히 중얼거리며 연습
을 하였다. 메모지의 질문은 '연극은 어떤 예술인가?'였다. 한 번
도 생각해 보지 않은 문제였는데 나는 '말과 행동의 예술'이라고
적었다. 어두컴컴한 음악실에서 오디션을 보고 결과를 기다렸다.
며칠을 기다린 후 합격했다는 기쁜 소식을 듣게 되었다. 경쟁도
제법 치열했었다고 한다. 그렇게 나와 연극과의 인연은 시작되었
다.

매주 1회 특별활동 시간에 연극반의 모임과 활동이 이어졌다.
연극반 1학년 반장까지 맡게 되었고, 1학년 첫 공연 〈신의 총아〉

라는 작품에 주인공이 되었다. 내가 원했던 역은 조연으로 재미 있는 캐릭터였는데 뚝 떨어지고, 선배들이 목소리가 좋다면서 주 인공 역할을 읽어 보라고 했다. 방학도 없이 연습에 몰두했다. 그 해 축제 때 음악실 바닥을 가득 메운 관객 앞에서 열연했다. 이 후 복도에서 나를 쳐다보는 선배와 동기생들이 많아졌다.

여름방학 때 일이다. 라디오에서 "극단 레퍼토리 시스템 청소 년 극회 단원 모집"을 한다는 공고를 듣고 또 심장이 쿵쾅거렸다. 얼른 전화번호를 받아 적고 전화를 했다. 집하고 가까운 남천동 이었고 당장 달려가서 가입을 했다. 그렇게 활동을 시작해서 겨 울방학 기간에 〈이 대감 망할 대감〉이라는 작품을 공연했다.

2학년 때도 연극반 반장과 주인공 역할을 맡았다. 공부는 뒷 전이었다. 2학년 우리 담임선생님 수업 시간이었다. 어찌나 잠이 오던지, 책을 세워 놓고 졸고 있었다. 매일 연극 연습이 밤늦게까 지 진행되어서 항상 피곤했고, 수업 시간에 조는 일이 많았다. 그 런데 그만 책을 떨어뜨리고 말았다. 그 소리가 얼마나 크던지.
그때 선생님께서 옆에 오시더니 "강혜란 니 매일 연극 한다고 공부는 안 하제? 연극해서 뭐하려고…." 한참을 잔소리하셨다.
선생님께서도 걱정하실 만큼 연극에 열심이었던 것 같다. 보 통 3학년이면 취업준비 때문에 특활활동을 하지 않는데 난 3학 년 때도 배우 역할을 맡아 누구보다도 열심히 무대에 섰다.

그러고 보니 6학년 희곡을 배울 때 분단 별로 교실 앞에서 연극을 했었다. 〈스쿠루지 영감〉 이야기였는데, 분단 별로 장을 나눠서 발표하는 형태였다. 그때 나는 '미래의 영혼' 역할을 맡았다. 엄마의 코트를 빌려 입고 정말 열심히 떨면서 연기했던 기억만 있을 뿐 그때는 연극에 대한 어떠한 생각이나 느낌도 없이, 그냥 열심히만 했었다. 아 참! 그때 TV에 강수연이 아역 배우로 나오는 드라마가 있었다. 야구를 하는 장면에서 하얀 야구복을 입고 야구공을 던지던 강수연. 막연히 부러웠다. 하지만 나하고는 너무나 동떨어진 세상이었다.

정말 TV 화면 속에서만 존재하는 세상. 이후로도 연극은 나의 생활에서는 사라져 버린 단어가 되었고, 고등학교 1학년 칠판에서 다시 조우했다. 가슴 뛰는 일. 그래서 시작을 했고 지금까지 나의 직업, 나의 삶이 되었다. 그렇지만 그때는 이렇게 오랜 세월 나의 일이 될 것이라 전혀 생각하지 못했다. 하지만 학생으로서 해야 할 공부할 때보다 연극할 때가 더 즐겁고, 다른 어떤 놀이 보다 더 행복했었다는 것은 틀림없었다.

2

직장 생활, 다시 연극으로

．

．

．

운이 좋았다. 졸업 후 나는 남들이 부러워하는 금융기관에 입사하였다. 입사 동기의 친척 집에서 지내며 서울 여의도 본사에서 장시간 연수를 받고, 졸업을 앞두고 사회인이 되었다.

서울 날씨는 정말 추웠다. 따뜻한 부산에서만 살았던 나는 대방역에서 내려 여의도까지 걸어 다녔는데 살을 에는 추위가 너무 힘들었다. 지금도 추운 건 질색이다.

연수를 받으면서 나는 스타가 되었다. 200명의 남녀 신입사원 중 남자들은 거의 대부분 대졸 사원이고 여자들은 모두 고졸 사원이었다. 교육 중 하루는 자기소개 시간이 주어졌다. 200명 자기소개하려면 얼마나 많은 시간이 걸리고 지루한 일인가.

"저는 부산진여상 출신의 강혜란입니다. 분위기가 너무 딱딱한데 저는 노래 한 곡으로 소개를 대신하겠습니다."

스타가 되었다. 회사에서 나 모르는 사람이 없어진 거다. 그때 불렀던 〈남자는 배 여자는 항구〉 심수봉의 노래였다. 이후 지점에 발령을 받아 출근하니 소문이 쫙 나 있었고, 회식만 하면 그 노래를 청하였다.

발령받은 서면지점에서 돈을 세는 것부터 배우며 고객을 응대하는 은행원이 되었다. 올 한 해는 '열심히 놀자, 혼자 여행도 하고, 기타도 배우고, 일 년은 열심히 놀고 내년부터 입시 학원에 다니며 야간대학을 갈 준비를 하자' 고 계획을 세웠다. 회사에도 야간대학을 다니는 언니들이 많았다. 공부에 대한 갈증이 많았던 터라 나도 그렇게 결심을 했다.

기타 학원을 수강해서 '로망스'를 열심히 배우는 중에 회사에서 롤플레잉 대회를 개최했다. 그런데 내가 학교 때 연극반 했다는 이유 하나로 이 연극 대회에 참가하라고 했다. 회사에서 고객 응대를 위한 친절, 업무처리 등에 대한 교육으로 처음으로 시도하는 기획이었다. 전국의 모든 지점이 참가해야 했다. 등수 안에 들면 상금도 컸고, 인사고과 점수도 올라가기 때문에 지점장한테는 큰 프로젝트였을 것이다. 아무도 안 하려고 하니까 신입사원인 내게 짐을 떠 맡겼다. 기타 학원을 그만두게 되었다. 덕분에 기타 실력은 '로망스'로 끝나고 말았다.

업무를 마치고 한 달도 넘게 매일 대본을 구상하고 연습을 했다. 대회에서 1등을 했다. 나의 연기 덕분에 나는 두 번째 스타가 되었다. 그래서 다음 해도 하기 싫은 롤플레잉 대회를 안 나갈 수 없었다. 물론 1등은 못했다. 그렇게 난 다른 여직원들 보다 좀 튀는 사원이 되었다. 튀려고 한 건 아닌데 어쩔 수 없이 튀게 되었다.

난 가을을 좋아한다. 그래서 10월 가장 좋은 계절에 휴가를 내었다. 그때는 감히 실행하기 힘든 혼자만의 여행. 여자 혼자서 몇 박 며칠 여행을 간다는 건 엄두를 내기 어려울 때였다. 숙박이나 여러 면에서 힘들기 때문에 꾀를 낸 것이 밤기차다. '먼저 경주에 가서 구경을 하고, 숙박 대신 밤기차를 타고 강원도를 간다. 춘천 일대를 구경하고, 또 밤기차를 타고 서울로 간다. 서울을 돌아보고 난 후 부산행 밤기차를 탄다.'라는 계획을 세웠다. 혼자 숙박은 힘드니까 밤에 이동하는 것으로 준비를 했다.

시작은 아주 좋았다. 경주에 도착해서 밤기차 시간을 확인하고 첨성대, 왕릉, 안압지 등을 구경했다. 저녁 먹고 찻집에서 여유롭게 차를 마시며 친구들에게 엽서도 썼다. 시간이 되어 경주역으로 갔다. 표를 끊으려니 밤차가 없다고 했다. 어떻게 이런 일이. "낮에 계셨던 여자 분이 분명 밤 12시 차가 있다고 했는데요." 그분은 퇴근했고, 기차는 더 없다고 했다. 지금도 왜 그렇게 되었는지 이해할 수 없다. 갈 곳이 없었다. 출발 기차와 도착 기차가 없으니 역사 문을 닫는다며 나더러 나가라고 했다. 나는 여자 혼자 어딜 가느냐. 여관에 어떻게 혼자 가느냐 하며 고집스럽게 버텼다. 그랬더니 직원이 "사무실에서 있어도 좋다"라며 허락을 해주었다. 그렇게 사무실에서 잠도 못 자고 있는데 새벽 네 시경 직원이 오더니 나가란다. 자기도 좀 쉬어야 한다고. 그래서 대합실로 나와서 의자에 누워 해뜨기만을 기다렸다. 대합실에 누워있는데 어른거리는 그림자. 누군가가 들여다보는 것 같다는 느낌이 들어 무서움에 떨면서 의자에서 내려와 살며시 밖을 내다

봤다. 어떤 사람이 대합실 문 앞에서 추운지 몸을 좌우로 흔들고 있었다. 이 모습이 가로등 불빛을 받아 그렇게 보였던 것이다.

　날이 뿌옇게 밝아오고 대합실 문이 열리자마자 역사를 나왔다. 가만히 있던 리어카 속에서 사람이 튀어 나왔다. 밤새 그곳에서 잤는지 이불을 들추고 일어나는 모습에 놀랐고, 길에서 자는 사람이 있는 걸 그때 처음 봤다. 경주가 갑자기 밉게 느껴졌다. '아니, 사람들을 길에서 자게 하다니 관광으로 화려한 경주가 이래도 되나?' 어린 나이에 그런 생각이 들었다. 그 계기로 경주를 너무 싫어하게 되어 경주를 다시 찾게 되는 데 많은 세월이 걸렸다. 이후 여행 일정은 대충 소화했지만, 밤차로 이동하는 게 얼마나 힘든지 그때 실감했다. 춘천에서 몇몇 친구에게 엽서를 보냈다. 물론 엽서보다 내가 부산에 먼저 도착했지만. 엽서를 받은 친구 한 명도 나의 용기 있는 여행을 듣고 몇 년 뒤 혼자 여행을 감행했다.

　계획대로 1년은 아주 열심히 놀았다. 나이트클럽도 열심히 다니고. 다음 해 2월 입시학원에 수강하고 학원을 삼사일 정도 다녔다. 어느 날 아침. 출근해서 옷을 갈아입는데 허리를 돌리는 것이 힘들었다. 굽히기도 힘들고 펴기도 힘들고. 바로 엄마와 함께 병원에서 X-레이를 찍어 봤지만 별 이상이 없다고 했다. 그렇게 시작된 아픔이 점점 심해졌다. 병원, 한의원, 온갖 좋다는 약을 써보았다. 왼쪽 다리로 내려가 저리고 아픈 현상이 발까지 내려가서 걸어 다니는 것조차 너무 힘들어졌다. 회사에서 일하는 정도는 견딜 수 있었지만 퇴근 후 학원으로 가는 길에서 몇 번을 멈춰 다리를 풀어주고, 쉬어 주어야 했다. 좌골신경통이라고 얘기를 했지만, 꼭 그 병명이 맞는 것도 아니었다. 도저히 차도가 없어서 용호동에 사혈을 하러 갔다. 사혈을 하고 나면 무겁던 다리가 가벼워져 다 나은 듯했다. 그런데 나와서 조금만 걸으면 다시금 무언가가 왼쪽 다리로 몰려와 내려가는 느낌이 들며 걷기가 힘들어졌다.

유니폼 아래 드러난 다리는 항상 시퍼렇게 멍이 들어 있었다. 그렇게 9월 말까지 학원에 다니다가 포기하고 말았다. 8월 무더위에 체력장까지 다 했지만 과감하게 그만두었다. 지나서 생각해 보면 공부에 자신이 없었던 것 같다. 학원에 앉아 있기도 힘든 상태에 도무지 공부에 집중할 수도 없었고, 아픔에 대한 원망과 어쩌면 다리를 못 쓰게 되지 않을까 하는 두려움이 겹쳐 버티지 못했다. 엄마가 다리를 주물러 주면서 슬퍼하시던 모습과 혼자 눈물을 삼켰던 많은 밤들이 지금도 아련히 기억 속에 남아 있다.

○○극단에서 연극반 후배가 활동하고 있어서 전화를 걸었다.

"연극을 해야겠어. 나도 그 극단에 들어가려고."

"언니 여기는 너무 힘들어요. 직장 다닌다고 배려해 주는 것도 없어요. 새로 창단하는 극단이 있대요. 거기는 직장 다니면서도 연극을 할 수 있는 곳이래요."

그래서 신문을 보고 전화를 해서 찾아간 곳이 온천장역 근처 아파트 지하에 〈극단 우리〉이다. 그때가 1987년 10월이다. 극단의 창단 작품 〈고도를 기다리며〉에 스텝으로 참여했다. 두 번째 작품에 여주인공으로 프로 첫 무대에 섰다. 주인공이 된 것은 실력보다는 그때 여자 단원이 나 혼자였기 때문이다.

데뷔 작품은 〈어두워질 때까지〉라는 오드리 헵번 주연의 영화를 연극으로 만든 작품이었다. 그 시절은 이야기 창작극보다 번역극이 주를 이루던 때였다.

회사를 마치고 극단으로 달려가 7시부터 연습을 했다. 두 달 이상을 매일 버스 막차를 타고 집으로 돌아왔다. 나의 역할은 앞이 보이지 않는 시각장애인이었다. 그래서 그들이 쓰는 지팡이가 필요했다. 부산 동구의 시각장애인 복지센터에 지팡이를 빌리고 싶다고 약속을 해서 찾아갔고 지팡이를 빌려 극단으로 가는 지하철을 탔다. 나름 지팡이 들고 연습한다고 분위기를 좀 잡았더니 앉아있던 사람들이 자리를 양보해 주었다. 나를 시각장애인으로 본 것이다. 눈을 한곳에 고정하고 "괜찮습니다." 하는데도 계속 양보를 해서 모르는 척 앉았다. 온천장역 도착할 때까지 '자리를 양보한 저 사람이 나보다 먼저 내려야 하는데' 하며 가슴을 졸였다. 내릴 때 앞이 안 보이는 사람처럼 지팡이 두드리며 내릴 자신도 없고. 다행히 그분이 먼저 내렸고, 난 온천장역 지하철 문이 열리자마자 쏜살같이 뛰었다. 지금도 그분을 생각하면 미안하고 고마우면서 웃음이 절로 난다.

시민회관 소극장은 나의 첫 공연 무대였는데, 이 무대에서 작은 사고를 겪게 되었다. 오른쪽 새끼손가락을 다쳐 병원 응급실에서 일곱 바늘인가를 꿰매는 사고를 당했다. 다행히 공연 막바지여서 중단 없이 공연을 마무리할 수 있었지만, 하얀 뼈가 훤히 보여 휴지로 손가락을 둘둘 말아서 커튼콜을 했다. 그때는 배우가 무대장치와 소품을 만들었고 일명 '풀팅'이라고 밤늦게 포스터 붙이는 일도 다 했지만, 나는 직장을 다니고 있어서 많은 일에서 열외였다. 그런데 군대 제대하고 복학을 앞둔 연극영화 전공의 남자 선배가 거의 모든 일을 막내로서 하고 있었다. 그런데 너무 바쁜 나머지 소품 칼을 못 만들어서 진짜 칼을 쓰다가 그만 사고가 났다. 그 선배는 무진장 얻어맞고 바로 다음 날 가짜 칼 소품을 만들어 공연을 진행했다. 지금도 만나면 큰 소리로 떠드는 추억 속 이야기다. 피를 흘린 일! '연극은 나의 운명이다'는 암시였을까?

그렇게 시작된 극단 활동은 3년으로 막을 내렸다. 극단 운영을 전적으로 책임지던 우리 대표님의 사업이 어려워지면서 극단 문을 닫을 수밖에 없었다. 관객의 표값 수입만으로는 연극 제작비도 되지 않았다. 지금처럼 지원금이 있었던 것도 아니었기에 대표님의 지원으로 유지되던 극단이 더 버티지를 못했다. 아파트 지하 극단 사무실. 전기도 꺼져서 촛불을 켜놓고 슬퍼했던 마지막 우리의 모습이 가끔 떠오른다. 그때 함께 했던 단원들은 아직도 현장에서 연극을 하고 있기도 하고, 연극계를 떠난 사람도 있다.

3년간 울고 웃었던 첫 경험의 극단. 이후에도 극단의 부활을 꿈꾸며 많은 시간을 기다렸었다. 어느 후배는 10년 뒤 〈극단 우리〉를 부활시키겠다고 작품 제작 준비를 하기도 했었다. 3년간 활동하는 동안 매번 공연을 마치면 진하 해수욕장 등에서 민박집을 빌려 쫑파티를 하고, 그곳에서 비판과 격려의 시간을 가졌다. 그리고 기타를 치며 신나게 우리 극단의 노래 〈사노라면〉을 함께 불렀던 그 장면은 입가에 미소를 부르는 기억이다. 사노라면 언제 가는 밝은 날도 오겠지. 연극을 시작하고는 다리의 아픔이 많이 없어졌다.

3

민주화 운동에 참여하다

·

·

·

87년 6월 항쟁의 불길은 매일 저녁 서면 거리를 시위대의 행렬로 가득 차게 했다. 내가 근무하던 회사는 한국전력 맞은편에 있었다. 나는 매일 저녁 사람들이 지하철 환풍기 위에 올라서서 연설하고 구호를 외치는 모습을 보았다. 회사는 퇴근을 시켜주지 않았다. 지점장의 장황한 이야기와 함께 시위가 끝날 때까지 멍하니 사무실에 앉아 있게 했다.

늦은 퇴근을 하고 해산하지 않고 있던 시위대 속에 들어가기도 했다. 한 번은 태화쇼핑 앞에서 시위대와 함께 서 있는데 백골단들의 무자비한 체포가 시작되었다. 모두 도망을 치는데 휩쓸려 움직이다 가방끈이 끊어졌다. 대체로 이쁘게 차려입고 있는 사람들은 시위대로 보지 않고 일반 시민들로 보고 지나쳤으므로, 끊어진 초록색 가방을 붙잡고 나는 갓길에 능청스럽게 서 있었다.

세상이 잘못되었다고 가슴속에서 꿈틀대던 그 어떤 부르짖음을
자주 들으면서.

사회과학전문서점들이 유행하고 있었고 책방을 자주 기웃거
리며 한 권씩 책을 사서 읽었다. 경성대 앞에 있던 이름이 기억나
지 않는 ○○서점과 서면 우리 회사 바로 옆에 생겼던 민우도서
를 애용했고, 잘 이해하기도 어려운 책들을 사 들고 나왔다. 회사
의 대리가 "강혜란 씨 마르크스 레닌을 읽고 있네." 한 번씩 우려
섞인 말들을 던지기도 했다.

1988년 가을 어느 날. 서면 거리의 전봇대에 붙어있던 초록
색 전단. 〈부산 민주청년회 청년학교 4기 모집〉이란 문구를 보고
청년학교에 등록했다. 자기소개 시간에 보니 누구의 소개로 온
사람이 대부분이었는데, 전봇대의 전단을 보고 온 사람은 나뿐
이었다. 청년학교 프로그램을 마치고 사무직 분과에 들어서 활
동을 시작했다. 89년 노동자 대투쟁 시기 서면교차로에서 범내골
을 거쳐 부산진시장 앞까지 거리 시위에 참여하고, 시위가 끝나
면 서면시장의 닭집에서 동지들과 함께 소주잔도 기울였다. 선배
들의 이야기에 열심히 귀를 기울이고, 새로운 민중가요 테이프도
나오는 대로 사 모으며 노래를 익혔고, 항상 콧노래로 민중가요
를 불렀다. 재일 유학생 간첩으로 조작되어 17년을 옥살이한 비
전향 장기수 서준식 선생의 강의와 노무현 변호사의 강의도 들었
다. 딱딱한 바닥에 방석 하나 놓고 앉아 긴 시간 허리가 아픈 줄
도 모르고, 강의에 열중했던 시간들. 그다지 넓지 않은 부산 민

주청년회 공간은 언제나 활기와 젊음으로 가득했다.

'청년이 서야 조국이 산다'라는 구호 아래 마음이 젊으면 청년이지 나이는 무슨 상관이냐며 지긋한 나이에 활동하던 분들도 많았다. 대동춤도 함께 추고, 아침이슬을 벅차게 부르며 캠프파이어를 했던 어느 봄날의 MT. 전세한 대형버스를 타고 서울까지 원정 시위도 다녀왔다. 광주항쟁 기념행사에 피난 열차같이 꽉 들어찬 기차를 타고 광주에 도착한 후 전남대학교 교정에 들어가 가열 차게 투쟁했던 날도 있었다. 민주화에 대한 열망이 강렬했던 시대, 인간답게 살고 싶다는 노동자의 외침이 꽃피었던 그 시기에 나도 같은 목소리를 내며 열정을 바쳤다.

내 머리는 너를 잊은 지 오래 내 발길도
너를 잊은 지 너무도 오래
오직 한 가닥 타는 가슴속 목마름에 기억이
네 이름을 남몰래 쓴다
타는 목마름으로 타는 목마름으로
민주주의여 만세

민주화가 되었다. 민주노총도 생겨서 노동자를 대변하고 있다. 내가 거리를 뛰어다녔던 그 시절부터 30년의 세월이 흘렀는데 우리가 꿈꿨던 세상은 오지 않았다. 노무현 대통령 탄핵, 미국산 소고기 사태와 국정농단 사건으로 거리에 뛰쳐나가면 그때 그 동지들을 다시 만났다. 서로의 얼굴에서 세월의 흐름을 발견하며 안부를 묻고, 구호를 외쳤다. 우리는 앞으로도 정의롭지 못한 것

에 분노하고 지금보다 좀 더 나은 세상을 기대하며 이 땅 안에서
함께 호흡하고 있을 것이다.

4

새로운 시작, 극단 자유바다를 만들다

.

.

.

직장을 그만뒀다. 4년간 활동했던 우리 극단이 사라지자 약간 방황의 시간이었다. 직장을 다니면서 다른 극단에서 활동도 쉽지 않았고, 쉽게 마음이 가지 않았다. 직장 동료들과 등산도 다니고, 탁구나 볼링도 치러 다녔다. 여직원들과 독서회도 만들어 책도 열심히 읽어 보았다. 하지만 회사생활은 재미가 없었다. 매일매일 반복되는 일상이 지루했고, 그렇게 세월은 흘러 흘러갔고 연극과의 끈은 계속 유지하고 있었지만, 연극은 하지 못하고 있었다. 결혼하라고 선도 여러 차례 들어왔지만, 그때는 독신주의를 고집하고 있었다. 그러다가 6년 7개월을 다닌 회사를 그만두고, 지금 대표로 있는 극단의 창단 멤버로 참여하게 되었다. 극단 〈고마〉!

극단 〈고마〉는 창작극만을 공연하겠다는 목표를 내걸고 신문에 대서특필 되며 1993년 12월 경성대 앞 현대오피스텔 805호에서 고사를 지냈다. 멤버도 많았다.

첫 작품으로 부산문화회관 중극장에서 1994년 2월에 〈물이여, 불이여, 바람이여〉를 거창하게 공연했다. 그리고 크게 망했다. 많은 사람들이 떠나갔다. 그럼에도 불구하고 남아 있는 사람들끼리 새로운 창작극을 만들어 올렸다.

94년 5월에 세미뮤지컬 〈도둑놈 그리고 의원님〉을 장우소극장에서 공연과 재공연까지 한 달을 공연했다. 장기로 공연을 하니 관객이 없는 날도 있었고, 3명이 와서 관객이 도리어 미안해서 다음에 오겠다고 얘기하기도 했다. 하루는 태풍으로 비가 어마어마하게 오는 날이었다. 당연히 관객은 안 올 거로 생각하고 소주나 마시러 가야지 하고 있는데 〈극단 현장〉의 단원들이 음료수 한 통을 들고 나타났다. 공연했다.

〈도둑놈 그리고 의원님〉이란 코믹 뮤지컬 연극이 있었는데, 우린 제목을 〈도둑님 그리고 의원 놈〉으로 하자고 했다. 그러나 작가 겸 연출이신 김승일 선생님께서 〈의원 놈〉이라 하면 문제가 될 수 있다며 반대하셨다. 검열이 있던 시대의 경험에서 오는 우려였겠지. 뮤지컬은 노래와 춤이 들어가지 않는가. 노래 실력 부족, 춤은 더 부족한 나는 작곡가 박철홍 선생님의 잔소리를 들으며 노래 연습을 했지만, 한계를 극복하진 못했다. 특히 박철홍 선생님의 곡은 음이 대체로 높다. 가수 지망생 역할이었기에 멋들어지게 노래를 한 곡 해야 하는 데 빽빽거리며 힘들게 노래했던 기억이 난다.

공연이 끝난 후 한 달간 아르바이트가 기다리고 있었다. 94년 여름방학 기간에 경상남도 하동군 횡천면에서 학생들 대상으로 여름방학 캠프를 진행하는데 극단 단원들이 참여하기로 했다. 예전에 연극을 하셨던 ○○ 선생님이 일을 돕기로 했다. 나는 방학이 되기 전부터 정민 선생님을 따라 학교에 영업을 다녔다. 물론 영업은 ○○ 선생님이 하셨다. 그 와중에 교육계의 민낯을 보게 되었다. 학생들 한 명에 돈을 얼마씩 달라며 요구하는 학교 측과 좀 깎자며 영업하는 모습을 보고 놀라지 않을 수 없었다. 옆에 앉아서 듣고 있자니 불편하고 화가 났지만 어쩌겠는가.

그해 여름은 비가 거의 오지 않은 가뭄이었고 정말 더웠다. 한 달을 그곳에 있으며 피부는 새까맣게 타고 살이 너무 빠져서 앙상했다. 다른 단원들과 다르게 나는 일주일에 한 번씩 집을 오갔다. "어디 다 큰 여자가" 하는 엄마의 등쌀에 겨우 설득해서 일주일에 한 번씩은 집에 오겠다는 조건으로 허락을 받았었다. 지금은 추억 속에 사라져 버린 완행열차 비둘기호. 서로 마주 보고 앉게 되어있는 의자에 기대 어색하게 맞은편에 눈길을 줬다 말았다 하며 부산진역까지 4시간을 타고 다녔다. 농사지은 고추며 농작물을 장에 팔러 다니는 할머니들. 붉은 고추를 몇 킬로 사서 엄마를 갖다 드렸었다. 거친 할머니들의 손과 조금이라도 더 팔아보려는 할머니들의 집요함. 느린 기차 안에서 고생으로 얼룩진 우리 어른들의 거친 모습을 보았다.

한 달간 무더위 속에서 일해 번 돈으로 단원들 전부 여행길에 올랐다. 강원도 오대산과 강릉을 거쳐 영풍 부석사를 구경했다. 지금은 남편이 된 선배의 고향인 강원도 탄광촌 통리에 가는 기찻길은 워낙 고지라서 스위치 백으로 기차가 올라갔다. '스위치

백'이란 나도 처음 듣는 말이었고, 지그재그 형태로 올라가는 것이라 했다. 담양 도담삼봉도 봤다. 뒷날 남편의 작품에 삼봉 정도전의 이야기가 담기기도 하는데 여행 다니는 동안 역사적 사건이나 인물에 대해 많은 이야기들을 들었다.

오대산 구룡폭포 아래 계곡물이 흐르는 정자에서 한시를 한 편 배웠다.

정좌처 다반향초 묘용시 수류화개
靜坐處 茶半香初 妙用時水流花開
고요히 앉은자리는 차를 절반이나 마셔도 향기는 처음이요,
묘용이 일어나는 때는 물 흐르고 꽃이 핀다.

송나라 때 황산곡의 시라고 하는데 추사 김정희가 초의 선사에게 보낸 편지에서 이 시를 인용해 더욱 유명해진 시라고 한다. 결혼해서 시댁에 가니 거실에 걸려 있던 액자에 저 시가 적혀있었다.

짧은 시간이었지만, 추억은 긴 여행이 끝나고, 다시 일상으로 돌아온 우리는 극단 〈하늘 개인 날〉과 합동 공연을 진행하게 됐다. 우리 극단의 창단 멤버였던 곽종필 선배가 극단을 떠나 〈하늘 개인 날〉의 멤버가 되어있었고, 〈하늘 개인 날〉에서 소설 만다라를 각색해서 뮤지컬로 만들었다. 시인이기도 한 정허 스님의 각색과 우리 극단의 상임 연출인 김승일 선생이 연출을 맡게 되

면서 자연스레 우리 식구도 다 참여하게 되었다. 말이 합동 공연이지 전적으로 〈하늘 개인 날〉 제작 기획의 작품이다. 연출, 작곡을 우리 극단의 식구가 참여하니까 모양 좋게 이름을 붙여 주었다.

그리고 삼성생명 직원들에게 연극 지도를 해서 공연을 올려준 일도 있었다. 일종의 아르바이트였다. 94년까지의 일이다. 95년 극단 대표가 극단을 떠났다. 대표가 떠난다니 말이 안 되는 일이지만 우리들과 몇 가지 갈등이 있었다. 결정적으로 일본에 가려는 계획이 있었는데 그걸로 지금은 남편이 된 선배와 크게 부딪혔다. 우리는 일본을 가지 않았고, 대표는 일본을 갔다 온 후 극단을 떠나갔다. 지나고 보니 삶의 철학이 너무도 맞지 않았다. 좋을 땐 모른다. 힘들어지면 속을 드러내게 된다. 돈이 있어서 시작할 때는 몰랐던 것을 망하고 어려워지니까 진면목이 드러났다.

떠나간 대표는 원로 배우로 지금도 현장에서 활동하고 있다. 하지만 그 시절 박혀버린 그에 대한 인식이 너무 강한 탓에 선배로서 선생으로서 도저히 존경심이 일어나지 않는다. 사람은 변하기 때문에 과거의 잣대로 현재를 평가하지 말라고 하지만 그게 잘 안 된다. 나의 수양이 아직 부족한 탓이겠지만 그 당시 남아 있던 우리의 상처와 실망은 너무 컸다.

그래! 유유상종! 유유상종이었을 뿐이다. 언젠가 이 마음이 버려질 날을 기대해 본다.

5

탤런트가 되다

.
.
.

　1995년 2월 PSB 1기 탤런트가 되었다. 작곡가이신 박철홍 선생님께서 "매일 할 일 없이 이러고 있지 말고 이거 시험이나 쳐봐라." 하고 신문을 던져주셨는데 부산 민영 방송사 개국을 앞두고 탤런트, 아나운서, 리포터를 뽑는다는 광고였다.

　연극인들이 방송에 출연하는 것을 '예술이 돈에 팔려 가는 외도'라고 할 때는 이미 오래전 일이었다. 연극인들이 드라마나 영화를 통해 스타 배우가 되고 있던 때가 아니던가. 그래서 원서를 내고 시험을 쳤다. 합격했다. 그때 함께 합격한 1기 탤런트가 진재영 씨다. 연극인 3명이 합격을 했는데, 고 황주효 선배와 김승운 씨. 그리고 나. 그때 PD가 서울 뚝배기 등을 만든 황은진 감독이었는데 연기를 잘해서 날 뽑았다고 했다. 나는 여배우 중에 나이가 제일 많았다.

　방송국 건물을 짓는 중이어서 연산동 로터리에 사무실을 임대해서 쓰고 있었다. 부산 MBC와 KBS에서 스카우트된 PD와

작가. 새로 어려운 시험을 치고 들어온 직원들. 방송국은 활기찼다.

원서를 접수하고 계단을 내려올 때 누군가가 뒤에서 불렀다. 장갑을 떨어뜨렸다고. 검은색 가죽장갑을 들고 있었다. 그 장갑을 주워준 사람이 이상효 PD였다. 그것이 합격할 징표였나?

서면에 있는 연기 학원에서 2주 연수를 받고, 부산을 배경으로 한 첫 번째 작품 〈해풍〉 대본도 받았다. 주인공이 배용준 씨고, 장서희 씨가 조연으로 출연했다. 그리고 우리 1기 중에 진재영 씨가 주인공이었다. 방송국에서 키우려는 배우였고, 이후 서울로 가서 크게 성공을 했다.

나는 동네 아줌마 역할로 딱 두 장면 나온다. 첫 대사가 "호박죽 좀 했는데 먹어 보이소."였다. 경기도 일산까지 가서 세트 촬영도 하고 야외 촬영도 하고 처음 경험하는 방송일은 재미있었다. 그렇게 시작은 원대했는데 〈해풍〉 드라마 하나 찍고 끝이 났다. 편성에 문제가 있었다. 처음에는 SBS 채널로 송출을 한다고 했는데 그게 잘 안되자 드라마 제작은 더 이상 안하게 되었다. 탤런트는 드라마가 만들어지지 않으면 할 일이 없다.

다행히 아침방송의 교통 리포터 역할을 맡게 되었다. 매일 아침 범내골의 교통관제센터로 카메라 담당을 하는 PD 한 명과 출근을 했다. 거기서 도로 상황을 체크해서 멘트를 작성하고 진행자들이 나를 부를 때까지 대기했다가 도로 상황을 알려주는 것이다.

"범내골 교차로에 차가 서행 중입니다. 사고 소식이 들어왔습니다. 우회하세요."

한 번은 방송 도중 큰 사고가 있었다. MBC 아침 방송 교통상황 리포터도 매일 관제센터에 있었다. 어떨 때는 내가 먼저 방송하고, 어떨 때는 MBC가 먼저 하고. MBC는 리포터 얼굴이 안 나가고 교통상황 화면만 나가는 거라서 리포터가 직접 상황판 조작을 하며 멘트를 했다.

그런데 그날 서로 시간이 겹쳐지게 되었다. 나는 TV니까 카메라 앞에서 리포팅을 하고 있고, PD는 카메라 고정해 놓고 교통상황판을 조작하고 있었다. 한참 도로 상황을 전하고 있는데 갑자기 비명이 들렸다. MBC 리포터와 우리 PD 사이에 교통상황판 붙들기 싸움이 난 것이다. 순간 너무 놀랐지만 멘트를 계속해 나갔다. 그런데 교통상황 화면이 넘어가면서 카메라가 나의 모습을 비추었다. 당연히 도로 교통상황 화면이 나가고 있다고 생각해서 원고를 들고 읽었던 내 모습이 그대로 노출되었다. 한마디로 대형 방송사고가 발생했다. 마치고 방송국에 들어가니 MBC랑 통화해서 서로 얘기는 잘 됐다고 한다. 원고를 읽고만 있던 내가 순발력을 발휘해서 상황을 매끄럽게 넘기지 못한 점을 아쉬워했다. 맞아 왜 그런 순발력이 없었을까? 참으로 부끄럽고 미안했다.

지금은 KNN으로 이름이 바뀌고 방송국도 센텀에 멋지게 자리를 잡고 있다. 1기 아나운서, 리포터, 탤런트 중 남아 있는 사람은 황범 아나운서 한 명이다.

나는 결혼을 하면서 리포터를 자연스럽게 그만두게 되었고, 방송국하고의 인연은 이렇게 정리되었다.

방송국은 나하고 생리적으로 잘 안 맞았다. 그때 우리 1기들. 샘이 장난이 아니었다. '누가 어떤 프로를 맡게 된다.' '사장이 누굴 챙긴다.' '저 애는 누구 백으로 들어왔다' 등의 많은 말들을 들었다. 나는 전혀 알지 못하는 정보를 어디서 그렇게 듣는 건지. 성취욕과 목표점에 대한 욕망이 약한 나는 질투와 욕구에 강한 속성을 요구하는 경쟁이 강한 방송국과 맞지 않았다.

　　방송은 사람의 운명을 크게 바꿀 수 있는 메커니즘이다. 그 속에서 나같이 약한 정신력으로는 살아남기가 쉽지 않다는 것을 미리 알았던 것 같다. 사람마다 자기의 자리가 있는 거겠지. 과거 경험의 축적이 지금 내가 이 자리에 있게 한 것이기에 일 년도 채 안 되는 방송 경험이었지만 즐거웠고 보람 있었다.

6

뮤지컬의 제작과 실패

．
．
．

1996년 결혼을 하고 아들이 태어났다. 잘 울지도 않고 방긋 방긋 웃기 잘하는 아이다. 금정구 선동 회동수원지가 보이는 마을에 살았다. 마을 들어가는 입구에 컨트리클럽이 있었다. 차를 타고 집으로 갈 때 컨트리클럽 입구를 지나쳐 내려간다. 그러면 경비원이 서서 우릴 보고 경례를 하진 않지만, 골프 치러온 사람들에게는 경례를 붙였다. 우리 집은 경비원까지 있는 커다란 저택이라고 의기양양하게 얘기했었다. 마을버스 타고 시장에 다녀오고 자박자박 걷기 시작한 아들 데리고 산책하러 다니며 육아에만 힘쓰고 있을 때 남편은 작품과 관련해서 각양각색의 사람들을 만나러 다녔다.

총 제작비의 일부인 2,000만 원을 투자할 회사가 나타났고, 뮤지컬은 제작에 들어갔다. 나머지 제작비는 우리가 기획해서 마련하면 된다는 계획이었다. 극단의 상임 연출이신 김승일 선생님의 작품인 〈오메가 햄릿〉을 하기로 했다. 김승일 선생님은 우리 결혼식에 주례해주신, 우리 부부가 참으로 존경하는 선생님이었다. 창단극과 두 번째 작품 〈도둑놈 그리고 의원님〉 두 작품 모두 선생님의 작품으로 남편이 제작했었다.

배우를 섭외하고 부산시민회관 대극장을 대관하고, 연습실을 대관하는 등 바쁘게 일정을 진행하며 연습에 돌입했다. 전체 제작과정이 5개월이나 걸렸다. 뮤지컬 전문 배우가 없을 때 일반 배우들 춤 훈련까지 진행하려니 시간이 오래 걸리고 제작비도 엄청나게 들었다. 시민회관 4층 연습실 대관료는 상상 이상이었고, 3개월가량은 시민회관 식당에서 식사까지 했었다. 오후 연습하고 식사하고 저녁 연습하고. 지금 생각하면 미친 짓이었다.

그렇게 잘 진행이 되고 있었는데, 갑자기 공동 제작하던 회사가 못하겠다는 통보를 해왔다. 이미 천만 원은 투자를 한 상태인데도 그대로 그만둔다는 것이다. 뒤늦게 그 이유를 알게 되었지만 계속 진행할지 그만둘지의 갈림길에 섰다. 나는 당연히 그만두자고 했다. 제작비가 칠천만 원 정도 들어가는데 아무리 줄이고 줄여도 사오천만 원의 손해는 자명했다. 그런데 남편은 배우들과 약속한 일이라 그대로 진행하겠다고 했다. 배우들한테는 양해를 구하면 되지 준비하다 엎어지는 작품이 한두 개냐고 아무리 얘기해도 소용이 없었다.

그때부터 전쟁이었다. 나는 아이를 친정에 맡기고 기획 전선에 뛰어들었다. 부산 시내 중학교, 고등학교를 수십 군데 찾아가서 표를 부탁했다. 공연을 앞두고 음악 녹음을 하는 날, 그날이 하필 아들 100일 이어서 양가 식구들과 식사 약속이 있었다. 녹음하는데 제작자는 없어도 되니 식사하라고 카드를 주고 왔다. 100일 잔치를 마치고 집으로 들어오니 작곡가 선생님으로부터 전화가 왔다. 제작자가 녹음하는데 와 보지도 않는다면서 연출 선생이 난리가 났다고 했다. 사정을 뻔히 알면서 그런 반응을 했다는 게 이해가 되지 않았다.

드디어 공연이 무대에 올랐다. 조명시스템, 음향시스템에 들어가는 돈만 수백만 원씩이었다. 둘째 날인가 셋째 어느 날 조명팀이 나머지 돈을 주지 않으면 공연을 못 한다며 협박을 했다. 공연을 마치고 돈을 떼인 일들이 많아 그렇겠지만, 표값은 공연을 마쳐야 다 들어오니 마치고 바로 준다고 해도 막무가내였다. 어떻게 해결을 했는지 기억이 까마득하다. 너무 힘들고 슬퍼서 의상 제작과 배우를 했던 허종오 언니에게 안겨 울었다.

공연이 다 끝났다. 식당에 밥값만 이백 몇십 만 원이 남아 있고, 배우들 개런티를 줘야 했다. 배우들이 현대오피스텔 지하 2층 사무실로 다 모였다. 개런티 한 푼도 못 받을까 봐 걱정됐을 거다. 사정을 얘기하고 80%씩 지급하기로 했다. 나의 보라색 노트에는 그 내용이 금액까지 빼곡히 적혀있다. 그런데도 몇 년 전에 그 작품을 했던 선생님이 "나 그때 개런티 한 푼도 못 받았다."며 제작을 한 내 앞에서 얘기를 꺼냈다. 아마도 긴 세월 동안 저렇게 거짓말을 하고 다니지 않았을까? "선생님 개런티 전부는 아니지만 드렸고요, 학생들 단체관람 소개한 선생님께는 한 명당 얼마씩 소개비 달라고 해서 그것까지 드렸잖아요." 이런 유치한 이야기를 하자니, 비참해진다.

시민회관 지하에 있던 식당의 사장님. 지금도 그 얼굴이 기억 난다. 조금씩 나눠서 갚겠다고 사정했다. 그리고 그 돈을 다 갚는 데 1년이 넘게 걸렸다. 관객은 2,000명이 넘게 왔었다. 학생들이 대부분이었다. 선생님들께서 열심히 학생들을 동원해 주셔서 객 석은 어느 정도 채웠지만, 학생들 표값은 2,500원이었다. 결국 우 리는 빚을 엄청나게 지게 되었다.

김승일 선생에 대한 원망도 컸다. 제작회사가 손을 놓은 상태 에서 제작비를 줄이기 위한 작품의 방향성을 잡아줬으면 했는데 그렇게 하지 않았다. 그리고 진행 중에 여러 차례 우리를 속상하 고 실망스럽게 한 부분이 많았다. 선생님은 본인이 파신 표값을 정산해 주시면서 "개런티는 됐고, 난(蘭) 화분 하나만 사주면 된 다"고 하셨다. 남편은 "선생님 개런티입니다." 하고 그대로 돈을 드렸다고 한다. 이것으로 선생님과 인연은 마지막이라는 의미였 다고 훗날 남편이 얘기했다.

7년 정도 지난 후 김승일 선생님과 광안리 극장 옆 술집에서 소주를 한잔했다. 선생님은 〈도둑놈 그리고 의원님〉 작품을 돌아 가신 홍성모 선생님 극단과 공연하게 되어 매일 우리 극장으로 오면서 얼굴을 보게 되었다. 나는 자리를 하고 싶지 않았지만, 선 생님이 꼭 보고 싶어 한다고 해서 나갔다. 그 자리에서 미안하다 는 말을 듣게 들었다. "난 네가 이렇게 오랫동안 연극을 할 줄 몰랐다."라며 남편에게 말했다. 지금은 돌아가시고 안 계신다. 암으로 고생하시다가 몇 년 전에 돌아가셨다. 처음 마음을 잃어버리면서 우리는 많은 것을 잃게 되는 것 같다. 처음 극단을 시작할때 연극에 대한 이야기를 얼마나 많이 했는가? 연극에 대한 마음은 다 사라지고 상대에 대해 이해하려는 마음도 없이 우리는 그렇게 헤어져 버렸다.

제작에 투자했던 그 회사가 왜 손을 떼게 되었는지는 세월이 지나서 알게 되었다. 작품 제작에 관해 다른 연극인들과 이야기하는 자리가 있었나 보다. 그런데 그들이 "무슨 제작비가 그렇게 많이 드느냐. 반이면 된다." 이렇게 얘기해서 우리를 무슨 사기꾼 비슷하게 만들어 버렸다는 것이다. 제작비가 반이면 되는 게 어떻게 가능한지 이유는 어이없고 터무니없었다. '작가, 연출가, 작곡가가 전부 극단 식구들이니까 개런티 안 주면 된다'

지금 생각해도 슬픈 일이고 연극인이 방해했다는 것은 더욱 더 슬픈 일이다.

7

태양아트홀 폐간 공연

．

．

．

영도다리야 팔딱 들어라 통통배가 울고 간다.
영도다리야 팔딱 들어라 우리님이 울고 간다.

　구전되던 노래인지 우리 남편은 영도다리가 배경인 〈전설의
박도사를 불러라〉 작품에 이 노래를 썼었다. 그리고 쇼케이스까
지 했던 뮤지컬 〈영도 브리지〉에는 구전되던 음악을 시작으로 멋
지게 작사 작곡한 노래가 있다.

영도다리야 팔딱 들어라 통통배가 울고 간다.
영도다리야 팔딱 들어라 우리님이 울고 간다.
봉래산 구름 걸리면 하늘이 무심하고
천마산 노을 지면 누군가가 그립구나
외로운 사람이 외로울 때 다리에서 위로받고
그리운 사람이 그리울 때 다리에서 만나리라

부산의 상징으로 유명한 영도다리! 바로 그 영도다리 옆에 〈태양아트홀〉이라는 공연장이 있었다. 지금은 뒤안길로 사라졌지만. 자본주의 최첨단 롯데백화점이 들어오면서 사라져 버린 공간이다. 2000년 극장과의 인연은 이렇게 시작된다.

어렵게 제작기반을 마련해서 〈난난〉이라는 공연을 준비하게 되었다. 그런데 극장이 문제였다. 남편은 태양 아트홀이 우리 작품에 가장 적합하다고 대관을 하기로 했다. 대관료가 하루 30만 원이라 보름을 공연할 계획인데 너무 비싸서 엄두가 나지 않았다. 그런데 우리가 공연하려는 시기에 이미 〈동그라미 그리기〉의 아동극 공연이 잡혀있었다. 한동안 서울 공연, 이윤택 선생 공연으로 활발하게 운영되던 극장이 아동극 위주로 돌아가고 있었다. 〈동그라미 그리기〉의 조일영 대표와 협의해서 낮에는 아동극, 저녁에 우리 작품 공연을 하는 거로 했다. 대관료는 반반씩 하니 50% 깎인 셈이다. 그런데 크나큰 문제가 있었다. 매번 무대장치를 뜯고 새로 해야 한다는 거다. 우리 작품은 장치도 아주 많았다. 무대 바닥에 바닥천도 깔고, 비게목으로 지리산을 상징적으로 만들었으니 매일매일 공연보다 더 힘든 일을 하고 있었다.

한번은 무대를 다 만들었는데 연출인 남편은 "어 색깔이 이상한데?"

그때 모든 단원들은 일하다가 스톱이 되었다.

"선배님 바닥천이 돌려져서 깔렸네요. 별로 표시가 안 나는데…"

황토색으로 된 바닥은 별반 차이도 없었다. 모두 긴장해서 연출의 입을 쳐다보고 있었다. "새로 해."

〈난난亂亂〉은 역사 속의 묘청의 난과 작품 속의 주인공 석주의 난. 이 두 개의 난에 관한 내용인데 나는 변호사 역할을 맡고 있었다. 물론 변호사만 한 것은 아니다. 얼른 옷 갈아입고 난에 참여하는 민중이 되기도 한다. 손성숙 배우는 옷을 열한 번 갈아입었다. 배우가 많지 않으니 일인다역을 하게 되고, 많게는 열 번 이상씩 옷을 갈아입는 경우도 있었다. 옷을 벗고 새로 입기가 힘들어 다 입고 하나씩 벗는 방법을 쓰기도 했다. 객석과 무대를 넘나드는 묘청의 난이 끝나고 변호사로 분할 때 얼른 옷을 갈아입고 조명을 기다린다. 숨이 턱에까지 차 있는 것을 진정하느라 얼마나 힘들던지.

기획사에서 일부 객석을 사서 관객도 많이 왔고 공연도 호평을 받았다. 공연을 마치고 재공연을 하겠다고 마음을 먹고 대표를 만난 자리에서 예술팀이 무슨 돈이 있느냐 가격을 조정해 달라고 큰소리를 뻥뻥 쳤다. 아동극 공연은 끝이 나서 함께 하지 못하는 상황이었기에 대관료 조정을 요청했다.

극장 대표는 수산업을 본업으로 하고 있다가 어떤 연유로 부둣가에 극장을 지었다고 한다. 그 사연은 기억이 나지 않는다. 극장장까지 두고 운영을 하고 있었고 나하고 같은 방송국 1기 탤런트였던 김승운 씨가 극장장이었다. 그의 정보에 따르면 아주 깐깐해서 구두쇠며 연극인에 대한 불신까지 있어서 대관료 깎아달라는 말이 통하지 않을 거라 했다. 예술을 사랑해서 극장까지 만든 사람이 연극인을 왜 불신하게 되었는지는 뒤에 알게 되었지만 역시나 언제 봤다고 돈을 반이나 깎아주겠는가.

"대표님 공연 보셨지요? 재공연을 하려고 합니다. 아동극팀 공연도 끝나서 같이 못 하니까 할인해주세요."

공연을 보지 않았다는 대표의 말에

"아니 극장을 운영하시면서 대관팀의 공연을 보지 않다니요? 공연을 보고 평가도 하고 해야 하는 것 아닙니까?"

워낙 당당하게 애기를 하니까 대표는 직원에게 공연 봤냐며 어땠냐고 물었다. 장시간 설득하고 큰소리쳐서 재공연을 하게 되었다. 큰소리 뻥뻥 치는 사람은 당연히 연출인 남편이었다. 원하는 할인은 본인이 공연을 보고 결정하겠다고 했다.

대표가 공연을 보러 왔다. 그는 "정말 공연이 좋았다."며 다음 날부터 관객들을 왕창왕창 데려오기 시작했다. 어느 날은 비디오카메라를 가지고 와서 촬영도 했다. 하루는 공연 마치고 단원들에게 술을 사겠다면서 영도다리 밑 물레방아 횟집에서 회식을 시켜주셨다. 우리가 언제 단원들과 회를 먹겠는가. 비싼 회를 실컷 먹었다. 대표는 그동안 극장을 하면서 마음고생 했고 배신당했던 이야기를 우리에게 들려줬다. 스트레스로 쓰러져서 병원에 입원까지 했었고, 그 와중에 병원에 와서 돈을 챙겨 가는 유명한 연출가에 대한 애기도 했었다. 그래서 연극인들 별로 신뢰하지 않는데 아동극 하는 〈동그라미 그리기〉의 조일영 대표는 좋아하고 신뢰하는 듯했다.

그 시기는 태양아트홀이 롯데에 팔려서 곧 극장이 없어질 무렵이었다. 극장에서 폐관 공연을 기획하고 있다며 대표는 "그래도 긴 세월 해오던 극장인데 그냥 문을 닫기는 아쉬워서 폐관작 준비를 하려고 한다. 서울 작품 가져오려고 했는데 이 작품을 폐관 공연으로 하고 싶다.”고 했다. 대표의 지원을 받아서 태양아트홀 폐관 기념공연으로 〈난난〉을 올렸다. 작품이 좋다면서 “앞으로 좋은 작품 많이 만드세요. 유명하다는 그 연출가의 작품보다 훨씬 울림이 크고 좋다.”라며 칭찬을 해주셨다. 박태철 사장님의 그 말씀은 영혼의 생명수 같은 큰 위로와 힘이 되었다. 이후 그분은 서울로 이사를 하셨다.

〈난난〉은 남편의 이름으로 부산에서 사실상 처음 선보이는 작품이었다. 95년 〈구달〉이란 작품으로 마산국제연극제 참가를 하고 부산 공연은 하지 못했기 때문이다. 걱정과 두려움으로 시작한 공연에 사장님의 말씀은 작업을 계속할 수 있는 큰 힘이 되었다. 그리고 그때 오셨던 오복희 선생님! 극단의 박경숙 언니의 사촌 언니이며, 광복동에서 오복희 갤러리라는 의상실을 하고 계셨다. 오복희 선생님은 문화회관처럼 샹들리에가 화려한 극장 로비에 어울릴 차림의 친구들과 함께 오셨다. 진행을 보면서 인사 나눌 때 본 모습은 깜짝 놀랄 정도로 화려하고 멋진 분들이셨다. 부둣가 시커먼 밧줄과 배들이 정박하여 있고, 기름때가 시커먼 이 장소와 너무나 안 어울리는 모습이었다. 그분들도 두리번거리며 극장을 신기하게 바라보셨다. 공연을 보고 감동해서 소주 생각이 났다고 한다.

“그냥 갈 수 없어 소줏집은 차마 못 가고 남포동 맥줏집에서 한잔하고 헤어졌다.”라며, 후일 갤러리에 감사 인사를 하러 들렀을 때 해주신 얘기다.

이후 광안리 극장 시절에도 항상 공연 보러 오셔서 밥도 사주시고, 표도 많이 사주시고, 맛있는 파이도 보내주셨다.

한 번은 광안리 극장 공연을 보시고 유명한 갈빗집에서 비싼 소고기를 사주셨다. 맛있게 먹었지만, 단원들은 "그냥 돼지고기 사주시고 현금으로 주시지."라며 투덜댔다. 왜냐면 극장 월세도 제대로 내지 못하고 있었기 때문에 이런 웃지 못할 말도 우리끼리 했었다.

두 분의 응원은 사실상 첫 작품으로 과연 이 길이 나의 길일까를 고민하는 남편에게 천군만마와도 같았고 지속적이고 고집스럽게 작업을 해나가는 원동력이 되었다. 언제나 두 분께 감사하는 마음을 품고 살고 있다.

태양아트홀! 긴 시간 공연하면서 영도다리 밑 점집이 많았던 그곳에 아들 데리고 산책도 많이 했다. 딸은 많이 어려서 친정집에 맡겨두고 아들은 공연 때 데리고 다녔었다.

"아들아, 너 영도다리 밑에서 주워왔거든. 네 엄마 한번 찾아봐라."

놀리며 낚시하는 사람들도 구경하고 점집도 힐끔힐끔 들여다보며 공연 시간까지 시간을 보냈다. 지금은 영도다리가 새로 만들어졌고, 점집들도 거의 사라져 버린 그때 그 거리의 태양아트홀. 부산의 공연장으로 참 아까운 곳이다.

8

가정이라는 현실과 아이들

．
．
．

결혼하겠다는 생각이 별로 없었다. 직장 다닐 때 다른 여직원
들은 결혼 준비로 요리책부터 다양한 교양서를 전집으로 사고,
그릇 세트 같은 살림살이도 할부로 사곤 했다. 매달 회사에 영업
하러 오던 아주머니는 아무것도 사지 않는 내게 뭐라도 하나 파
는 걸 목표로 할 정도였다. 한마디로 결혼에 대한 준비가 전혀 되
어있지 않은 상태에 덜컥 결혼을 했다.

결혼은 현실이었다. 아이들이 커가면서 돈이 없다는 것은 정
말 힘든 일이었다. 지금 생각해도 가슴 먹먹하고 눈물 나는 사건
들이 있다. 태어나서 6개월밖에 되지 않은 아들을 어린이집 종일
반을 보내야 했다. 뮤지컬 제작 후 크게 망하고 살길을 찾던 중
연기 학원을 인수하게 되었다. 양가 부모님의 대출로 마련한 돈
으로 전세금과 권리금을 내고 있었다. 그런데 학원에 아이를 데
리고 갈 수가 없으니 어린이집에 보냈다. 처음 데려다주고 오는
날 얼마나 울었는지. 어느 날 오후 좀 일찍 아이를 데리러 갔더니

미끄럼틀 위에 서서 창밖을 보고 있었다. 다른 친구는 못 올라오게 하면서 종일 서 있었다는 것이 선생님 말씀이었다.

아들이 초등학교 다닐 때는 극장 운영으로 하루하루 생활하기 힘들 정도로 빚이 많을 때였다. 그러니 학원 같은 것은 꿈도 못 꿀 정도로 가난에 허덕이고 있었다. 거기다 한 번씩 스쿨뱅킹으로 내야 하는 급식비도 밀렸다. 제날짜에 못 내고 밀리게 되면 행정실에 직접 가서 납부해야 했다. 그런데 그걸 아들한테 시켰다. '내가 가기 부끄러워서 아직 어린 아들은 잘 모르겠지!' 하며. 몇 번을 그렇게 했더니 어느 날 아들이 "엄마가 가면 안 돼요?"라고 말했다.

2학년 때로 기억된다. 음악 시간에 실로폰을 가져가서 연주를 배우는 시간이었는데, 아들은 유치원 때 쓰던 1단짜리 아주 작은 것으로 수업을 하고 있었다. 그걸 계속 들고 가서 수업하던 어느 날 선생님께서 "왜 실로폰 큰 거 2단짜리 안 가져오냐?"고 하셨나 보다.

아들에게 그 얘기를 듣고 나는

"왜 인제 말하니? 지금 당장 사주께."

"이제 실로폰 시간 끝났어요."

누구에게도 말하지 못한 이야기다. 아들은 그것을 기억하고 있을지 모르겠다. 아니 기억할 거다. 몇 차례 수업하는 동안 얼마나 부끄럽고 힘들었을까? 그 생각만 하면 지금도 눈물이 난다.

4학년이 되고 어느 날

"엄마 나 영어학원 좀 보내주면 안 돼?"

"왜?"

"친구들이 나 때문에 우리 모둠이 매일 꼴찌 한다고."

그 순간 공교육에 대한 나의 신뢰가 바로 무너졌다. 다른 아이들은 이미 영어학원에서 다 배워왔다는 전제하에 모둠별로 토킹을 진행했었나 보다. 학원 보내줄 형편은 안 되고, 뭐라고 뭐라고 아들을 설득했다. 하지만 어찌해야 할지 참 막막했다. 이런 일이 계기가 되어 아이들을 아시아 공동체 학교라는 대안학교로 보내게 되었다. '아시아 공동체 학교'는 학비가 무료인 다문화 아이들이 들어가는 학교였다. 내가 연극 교육프로그램 진행 관계로 학교와 인연이 되었고, 부모가 한국인인 아이도 들어갈 수 있다는 말에 전격적으로 학교를 옮겼다.

아이들에게 많은 상처를 줬다. 특히 아들에게. 학교생활을 많이 챙기지 못했기에 아이들이 직접 말은 안 했어도 상처 되는 일이 많았을 거다. 그래도 딸은 아들 먼저 키워본 경험으로 좀 더 챙겼던 것 같고, 또 딸아이 스스로 챙겨달라고 했다. 딸아이가 1학년 때 방과 후 활동으로 과학 교실을 하게 해 달라고 졸랐다. 아들이 2학년 때 과학 교실을 3개월간 했었다. "오빠는 해줬는데 왜 나는 안 해주는 거야."라면서 막무가내로 졸랐다. 그때 3개월 수업료가 칠만 오천 원인데 그 돈이 부담스러웠다. 그래서 여러 가지 이유로 안 된다고 설득하는데 갑자기 "우리 집이 그렇게 가난해?" 하면서 소리치고 울었다. 그때 방에서 자고 있던 남편이 놀라 일어나서 당장 수강해주라고 했다. 그렇게 딸아이는 자기 것을 챙길 줄 알았다.

경제적으로 어려운 상황의 지속은 삶에 희망을 없애 버렸다. 수입은 거의 없는데 극장에 들어가는 매달 월세와 전기세만 해서 백만 원가량이었다. 2000년부터 10년간 그야말로 돈과의 전쟁이었다. 그런데 한참 은행에서 개인의 능력과 상관없이 카드를 발급해주던 시절이었다. 그 덕에 여러 장의 카드를 발급받았고 고스란히 큰 빚이 되어버렸다. 그 빚을 전부 다 갚는 데 많은 시간이 걸렸다. 그 시기가 정말 최악의 상황이었다. 난 웃음을 잃고 살았다.

2001년 어느 날 단원들이 공연 팸플릿 프로필 사진을 찍을 때 나도 한 장의 사진을 찍었다. 그때는 〈한글 나라〉 책을 파는 일을 하고 있었다. 현상하고 본 사진 속의 나의 얼굴에 충격을 받았다. '이게 나의 얼굴이라고? 내가 이런 얼굴이 되려고 지금껏 살아왔나?' 그날부터 거울을 보며 웃는 연습을 했다. 멍하게 살았던 시절이다. 가끔 자려고 누워서 '아침에 눈을 뜨지 않았으면 좋겠다'는 생각도 했었다. 그렇게 꾸역꾸역 살아갔다. 남편은 작품 외에는 신경도 쓰지 않았다. 극장에 작품 제작비 외에도 그야말로 부탄가스 하나 사는 돈도 내가 마련해야 했다.

어느 날 무대 세트에 필요한 소파를 가까운 곳에서 옮겨 올 일이 있었다. 버스 한 정거장 정도라 단원들이 들고 오면 좋겠다고 말했더니 "트럭 불러라. 그 시간에 연습 더 해야지." 하면서 "예술을 하는데 감히 돈 얘기한다."고 도리어 날 야단쳤다. 그때 트럭 비가 이만 오천 원이었다. 그 금액을 난 아직도 잊지 못한다.

　　그 터널을 벗어나는 데 감사할 많은 분이 있다. 2002년 12월 말경 민주공원에서 공연을 마친 늦은 시간에 고 병만 선생님으로부터 전화가 왔다. 재미있는 모임이 있으니 오라고 하셨다. 고 선생님 부부는 연기 학원 할 때 가르친 학생의 부모로 오랜 친분을 가지며 우리 공연도 응원해주시는 멘토셨다. 고 선생님은 양봉을 시작하셔서 산에 작업공간을 가지고 계셨는데 그곳에서 모임하고 계셨다. 그날 밤 만난 명상하는 선생님들. 그 뒤 한 달에 한 번씩 진행된 '한나눔'이란 명상 모임에 참여하였고, 나에게 많은 희망과 힘이 되었다. 그날이 나의 삶에 절망을 희망으로 바꾸는 날의 시작점이 되었다.

（9）

우렁각시 우리 엄마

·
　·
　·

　누구나 화수분 하나씩 갖고 싶은 상상을 해 봤을 것 같다. 끝없이 돈이 나오고, 쌀이 나오고, 금은보화가 나오는. 아니면 우렁각시가 있었으면 하는 바람을 가질 것이다.

　나한테 화수분이고 우렁각시는 우리 엄마다. 극장 운영에 아이 키우는 나의 살림은 늘 가난했다. 쌀도 떨어져 보고 통장 잔고가 제로인 경우도 겪어봤다. 사람은 죽으란 법이 없다는 옛 선현들의 말을 실감했다. 딸막딸막 턱걸이 상태가 되어 걱정이 쌓여 간다. 그쯤 현관문을 열고 집에 들어가면 "엄마가 왔다 가셨네." 집이 반짝반짝 베란다에 빨래가 널려있고, 냉장고 속 반찬도 가득 차고, 비워진 쌀독도 채워져 있다.

　애들끼리 있을 때는 엄마가 오셔서 저녁까지 먹여놓고 늦은 시간 귀가하는 우리를 기다리고 계셨다. 긴 세월을 그렇게 하셨다. 돈이 없어 어쩌나 싶을 때 애들 용돈을 주고 가시고, 통장에 돈을 보내시기도 했다. 명분은 항상 있었다. "우리 정서방 대학원 들어갔는데 축하한다." "대학원 졸업이네." "아이고 이번에 상 받았네." 많은 이유를 가져왔다. 아이들 입학과 졸업, 생일, 새로운 공연을 올린다고. 이런 얘기를 하니 눈물이 난다.

2003년 여름 남편의 대학원 졸업에 맞춰 서울 가서 졸업식 참가하고, 집으로 돌아오는 길에는 여행을 하자고 애들과 약속을 했다. 그런데 통장이 거의 바닥이었다. 졸업식을 가지 말아야 하는 기로에 있었다. 그런데 남편이 등록금 낼 때 함께 낸 졸업 앨범비를 학교에 전화해서 돌려받았다. 앨범을 사지 않겠다고. 그 돈으로 출발할 수 있었다. 한참 고속도로를 달리는 데 엄마에게서 전화가 왔다. "우리 정서방 대학원 졸업인데 엄마가 축하해주러 가야 되는데 미안하다. 통장에 돈 보냈으니까 맛있는 거 사 먹어라. 축하한다." 그 덕에 애들과 약속한 여행을 할 수 있었다.

어느 날 엄마한테 "엄마 우리가 이렇게 가난하게 살아서 힘들제?" 엄마의 대답이 얼마나 힘이 되었는지 모른다. "무슨 소리고. 예술을 하는 사람이 머리가 희끗희끗 해져야 성과가 보이는 거지."

엄마는 우리 애들 둘을 거의 키우다시피 하셨다. 어린이집 마치고 할머니 집으로 가는 게 집으로 오는 횟수보다 많았다. 어린이집 부모님 참관수업도 나는 한 번도 참석하지 못했고, 할머니가 가셔서 만들기도 하고 사진도 같이 찍고 하셨다.

엄마가 손자 볼 때의 에피소드를 하나 소개하겠다. 아들이 겨우 말 한마디씩 할 즈음이다. 어느 날 할머니에게 "식초 식초"라고 말을 해서 "뭐 식초?" 싱크대를 열어서 식초통을 보여 주었다. "식초 아니야 식초 아니야. 시익초 식초" 아무리 해도 서로 소통이 되지 않아 한참을 답답한 불통의 시간을 보내고 "그래 그게 어디 있어?"라고 했더니 할머니 손을 끌고 집을 나서서 동네 작은 가게로 갔다. 그러면서 집어 든 것은 칙촉이었다.

딸은 할머니랑 목욕탕도 늘 같이 다니고 스트레칭도 집에서 함께 하면서 아주 부지런한 생활이 몸에 배었다. 할머니 부르시는 노래도 따라 불러서 집에 오면 '꽃보다 아름다운 너 내 맘에 꼭 드는 너' 하며 뽕짝도 잘 불렀다.

애들 봐주시면서 조용히 운전 면허증도 따셨다. 그 운전면허증으로 차를 몰고 우리 집을 언제든지 들락날락하며 청소, 빨래도 밥도 해주시고, 애들도 돌봐 주셨다. 김치며 온갖 반찬도 다 해주셨다. "힘들게 빨래 삶지 말고 세탁기 팡팡 돌리고 낡으면 버려라. 김치는 내가 담아 줄 수 있을 때까지 해 줄 테니까 일부러 담그는 거 배우지 말고 엄마 없으면 사 먹어라."

일하는 걸 존중해주셨고, 당신께서 해 줄 테니까 너는 일 열심히 해라. 여자도 자기 일을 해야 한다는 신념을 갖고 계셨다. "우린 못 배워서 하고 싶은 일 못 하고 살았지만 너그는 자기 하고 싶은 일 하면서 살아야 한다." 그렇게 자식 일하는데 당신은 희생하신 거다.

고관절 수술과 무릎도 수술하셨다. 허리도 많이 안 좋으시고 엄마 표현대로 걸어 다니는 종합병원이다. 고관절이 나빠지게 된 건 나의 구의원 선거 때문이다. 솔직히 나보다 더 열심히 선거운 동을 하셨으니까. 주민들이 나보다 엄마를 더 많이 봤다고 했을 정도니까. 그 덕에 고관절에 괴사가 와서 수술하셨다.

할머니의 사랑과 손길을 듬뿍 받고 자란 아들은 나와 함께 연 극을 하고 있다. 조명도 하고, 음향도 하고, 무대도 하고, 조연출 도 하고 온갖 것을 다하고 있다. 얼마 전 희곡 두 편과 영화 시나 리오를 한 편 썼는데 제법 잘 쓴 것 같다. 초등학교 1학년 때 시 인이 꿈이었던 아들이 쓴 시가 부산일보에 실린 적이 있었는데, 계속 글을 써보라고 독려하고 있다.

딸은 서울에서 미술을 전공하며 큐레이터가 되고 싶은 꿈을 가지고 내년 대학 졸업을 앞두고 있다.

아픈 몸 이끌고 우리 가족을 돌봐주신 우리 엄마는 나의 영 웅이시다. 우렁각시 우리 엄마 사랑합니다.

10

명상 모임

2002년 12월 말경 고 선생님의 양봉원에서 있었던 첫 모임 이후 '한나눔' 모임을 한 달에 한 번씩 가지게 되었다. 대체로 그동안 명상 모임 일명 '도 닦는 활동'을 오랜 세월 해오신 분들이 대부분이었지만 우리 부부가 참여하면서 연극을 하는 후배들도 소개해 함께 했다.

개개인 에너지 리딩을 하고 전생도 보고, 타로도 보고, 별점도 보고, 각각의 선생님들이 가지고 있는 재주를 함께 나누는 시간이었다. 요즘은 워낙 일반화되어 모르는 사람이 없겠지만 타로를 그때 처음 알았다. 서양적인 그림의 카드를 보고 지금의 상태와 가까운 미래에 대해 예언을 하던 달의 여신이라 부르던 분. 지금은 돌아가셨지만, 이기원 선생님은 건강 관련해서 많은 공부를 해서 지압도 해주고, 건강 체크와 조언을 많이 해 주셨다.

인디언식 이름도 하나씩 지었다. 영화 〈늑대와 춤을〉에서 인디언식 이름을 처음 접했던 기억이 새롭게 올라온다. 나의 인디언식 이름은 '너른 바위'였다. 김홍 선생님이 나의 에너지와 기질을 읽고 지었는데 사람들이 편히 쉬면서 놀 수 있게 하는 바위의 에너지라고 한다. '나 스스로 지탱하고 살기도 힘든데 다른 사람을 쉬게 한다고' 별로 맞지 않는다고 생각했다. 세월이 한참 지나서야 그 의미를 이해하고 어울린다는 생각을 하게 되었다. 남편은 길잡이 횃불이었다. 지금까지 남편의 삶을 보면 길잡이는 맞는 것 같다. 다른 사람이 하지 않는, 아니면 한 적이 없는 길을 걸어온 것은 사실이니까.

이 시기가 내게는 가장 힘겨웠던 시기였다. 김홍 선생님께서 "선생님은 지금 에너지 상태가 낡은 의자예요. 낡고 빛이 바래서 아무도 거들떠보지 않는 의자예요."라고 말씀해 주셨다. 나는 이 상황에서 벗어나고 싶었다.

"어쩌면 됩니까?"

"마음을 바꾸세요. 생각만 바꾸면 됩니다. 나는 밝고 예쁜 새 의자라고 자신에게 신념을 주세요." 눈을 감고 생각했다.

'나는 밝고 예쁜 새 의자다. 새 의자다'

생각만으로 에너지가 바뀌었다는 김홍 선생님의 말씀은 내게 희망을 품게 해 주었다. 그리고 아침에 일어나면 만트라를 세 번씩 했다.

"나는 매 순간 최상의 선택을 한다."

한나눔 모임은 나에게 활력소를 제공해 주었다. 선생님들 직업군도 다양했다. 간호학과 교수, 한의사, 무술인, 병원 사무장, 영어 선생님, 주부, 빵집 사장님. 자신의 직업과 생활, 고민과 아품에 관한 애기를 스스럼없이 나눴고, 그 나눔 속에서 나는 많은 공부가 되었다. 3년 가까이 모임을 지속했다.

재밌는 사건들이 많았다. 스물한 살에 좌골신경통을 겪었던 나는 왜 그런 일을 겪었는지 항상 궁금했었다. 연극을 하고 난 후 심하게 아픈 것은 사라졌지만 가을이 되면 다리가 시큰거리는 게 심했고, 허리도 잘 아팠다. 전생에 달을 숭상하는 아메리카의 인디언이었는데 집단 춤이나 의식을 행할 때 왼쪽 다리를 땅에 심하게 내딛는 동작을 많이 해서 그렇다고 해석을 해 주셨다. 그 애길 듣는 순간 마음이 홀가분해졌다. 아픈 다리를 원망하던 마음이 다 사라져 버렸다.

그리고 또 한 가지. 어릴 때 항상 짧은 단발머리를 하고 있었다. 여동생은 양 갈래 이쁘게 땋은 머리를 예쁜 고무줄로 묶고 있는 사진들이 많은데 나는 전부 남자애같이 짧은 머리뿐이었다.

"엄마 왜 나는 머리가 이래? 긴 머리가 하나 없어?"

"너는 긴 머리 싫다고 항상 짧은 머리만 해달라고 하더라."

"왜 그랬을까?"

머리띠나 머리핀을 오랜 시간 못한다. 답답하고 머리가 아팠다. 그리고 목티를 입지 못했다. 언젠가 밝은 하늘색 앙고라 티를 하나 샀다. 입는 순간 벗어버렸다. 몇 번을 입어보려고 했으나 실패했다. 까칠 거리고 답답해서 도저히 입을 수 없었다. 한 번도 입지 못하고 아까워서 서랍에 몇 년을 간직하고 있다가 결국 버렸다. 몇 년 전부터 목티는 입을 수 있게 됐다. 하지만 털이 있는 것은 아직도 못 입는다. 손톱에 매니큐어도 발랐다가 하루 지나면 지웠다. 답답했고, 매니큐어를 지우면 속에서 뭔가 쑥 내려가는 느낌이었다. 반지나 목걸이를 끼는 것도 싫어한다. 옷도 반듯한 정장 차림을 불편해한다. 내게 정장이 어울린다고 하는데 나는 그저 편안한 티에 청바지가 제일 편하다. 이것도 전생과 관련해서 답을 들었다. 전생에 조선 시대 양갓집 규슈였단다. 항상 머리 단장과 옷 단장, 흐트러짐 없는 생활을 해야 했는데 그것을 답답해하며 담장 밖으로 나가고 싶어 했단다. 어느 날 기생이란 존재가 있다는 걸 알고 나도 저렇게 자유롭게 살고 싶다는 마음을 품고 담장 밖을 동경하다가 죽었다고 한다. 그래서 꼭 짜인 틀과 꼭 묶인 머리, 옷차림을 싫어한다고. 내 성격과 너무 맞아떨어졌다. 완벽하게 하는 것보다 조금 부족하게 하는 걸 좋아한다. 청소나 설거지 등 집안일을 할 때도 다 끝나고 보면 조금씩 남아있다. "왜 이걸 남겨뒀어?" 딸에게 핀잔도 많이 들었다. 바꿔보려 해도 잘 안 된다. 그리고 그게 편하다.

남편과의 전생 이야기도 재미있는데 비밀로 하고 싶다.

사람마다 건강 문제 한 가지씩 고통이 없는 사람은 없을 것이다. 성향이나 성질 또한 마찬가지다. 완벽한 사람은 없고, 완벽할 필요가 없다는 걸 나이 들면서 느낀다. 노력해서 되는 일이 아닌 것도 있다. 난 왜 이럴까? 가졌던 의문, 답답하고 원망스러운 마음을 전생과 연결해서 해석하니 스스로 아는 내 모습을 통해 볼 때 수긍이 가고 받아들여졌다.

이생의 삶이 전생의 업을 벗기 위한 것이지만, 우리는 살아가면서 또 다른 업을 만들어 가고 있겠지. 그럼 다음 생에 또 힘겨운 삶을 반복하면서 울고 웃고 하는 것일까?

3년의 '한나눔' 모임이 끝나고, 이후 하병길 선생님 부부와 몇
몇 사람이 에너지디자인센터라는 모임을 만들어 또 3년을 이어
갔다. 아버지에 대한 마음으로 긴 시간 울었던 게 이 모임에서였
다. 어두웠던 나의 에너지 그림, 에너지 색깔이 밝게 변해갔다.

6년의 세월은 긍정과 희망, 나를 찾아가는 과정이었다. 나를
살려준 인연이었고, 나를 키워준 만남이었다.

나의 첫 번째 멘토 고 선생님 부부, 두 번째 멘토 김홍 선생
님, 세 번째 멘토 하병길 선생님 지금의 내가 있는데 결정적인 힘
이 되신 분들이다. 감사합니다.

조명기 달려다가 형광등 끌 뻔한 사건

．
．
．

　지금도 누군가 소극장을 하겠다고 하면 말린다. 바로 고통 덩어리가 되기 때문이다. 16년간의 극장 운영. 특히 광안리 극장 10년의 세월은 암울함과 절망의 연속이었다. 계단을 따라 지하로 내려가면 온통 까만색의 극장. 이 까만 공간에 우주를 담는다고 믿는 연극인들은 퀴퀴한 냄새와 습기 찬 지하실에서 작품에 매진했다.

　꿈과 희망에 차서 극장을 인수하고 쌓여있던 쓰레기와 고였던 물들을 다 퍼냈다. 지인이 후원해준 레자천으로 객석 의자도 이쁘게 단장했다. 모든 것을 단원들이 함께했다. 그때만 해도 가슴 설레고 희망에 차 있었다.

　하지만 조명기와 음향 장비가 하나도 없었다. 연극계 선생님이 본인 것도 아닌데 가져가 버렸다. 이 극장을 만들었던 사람은 부산 연극인 최시형 선생으로 재산이 아주 많았다. 그래서 직접 건물을 지어 극장도 멋지게 만들었는데 사업이 망하면서 건물이 경매에 넘어갔다. 장비를 가져가신 분은 처음 극장을 운영할 때 관여를 했던 사람이었다. 이후 다른 극단이 이 극장을 운영하고 있었는데 경매에 들어가면서 떠나버렸다. 그런데 처음 관여했던 그 선생님이 장비를 가져가 버린 것이다.

몇 번 만나기도 하고 전화도 하면서 주겠다는 약속을 받았지만, 장비는 돌아오지 않았다. 최시영 선생에게 전후 사정 이야기를 하자 책임지고 받아주겠다 했지만, 소용이 없었다. 뒤에 알고 보니 진주 어느 극단에 팔았다는 말만 들었다.

극장은 조명과 음향 장비가 있어야지 기능을 한다. 음향은 학원 할 때 가지고 있던 것과 박철홍 선생님께도 스피커를 얻어서 마련했지만 조명이 문제였다. 그래서 추진한 공연이 〈클래식아 놀자〉이다. 조명 장비 살 돈을 구하려고. 2000년 10월 문화의 달 기념공연으로 부산문화회관 소극장에서 공연해서 호평과 만원 사례를 한 경험으로 통영에서도 성공할 것이라 생각했다. 대관을 이틀하고 단원들은 통영에 가서 방을 잡고 포스터 붙이고 전단 뿌리고 열심히 기획했다. 유치원 어린이집 단체관람을 잡아서 1회는 만석이 되었다. 그런데 그 이상 예약이 전혀 없었다. 1회 예약된 관객이 아마 통영의 전체 어린이였나 보다. 이 숫자로는 또 망할 게 뻔했다.

그래서 내가 제안을 했다. 대관을 하루 취소하고 1일만 공연하자. 20인조 챔버오케스트라와 함께 하는 공연이라 회당 돈을 주어야 해서 그 돈이 만만찮았다. 거기다 숙박에 식사까지 하면 출연진 스텝까지 30명이 넘는데 답이 나오지 않았다. 나의 의견은 받아들여지지 않았다. "책임 없는 행동이다. 저녁에 관객이 오면 어쩌냐."는 말이 나왔다. 하지만 첫날 공연을 취소하면 혹시 오는 관객이 몇 있어도 양해를 구하고 다음 날 초대를 처리하면 된다고 주장해도 소용이 없었다. 불안 불안한 마음속에 준비했다. 그런데 공연 일주일 전에 연출(남편)이 교통사고가 났다. 병원에 누워있어야 했지만, 목에 깁스하고 통영으로 향했다.

아니나 다를까 저녁 공연은 관객이 거의 없었다. 심지어 문화회관이 입구에 불도 켜 놓지 않았다. 여러모로 속이 상해 죽을 지경인데 불까지 안 켜놓다니. 바로 항의해서 불을 켜달라고 했다. 문화회관에서는 더 이상의 관객이 없을 거라는 걸 알았나 보다. 부모님 손잡고 온 아이들은 10명도 안 되었다. 처참하게 망하고 말았다.

통영에서 집으로 돌아올 차비가 없었다. 분장실에 음악팀을 모았다. 돈을 일부 주고 나머지는 다음번에 주겠다고 했더니 난리가 났다. 떼여본 적이 많은지 믿지를 않았다. 공연 망하면 돈 안 주고 도망가는 제작자들이 많은 시절이었다. 서약서를 적어서 오케스트라 악장에게 주었다.

연주자들은 부모님이 차를 보냈다며 밴도 오고 외제승용차도 왔다. 목에 깁스를 한 채로 이것저것 정리를 하는 남편의 모습에서 절망이 보였다. 조명기기는 어떻게 해야 하나? 극장 개관은 언제나 할까?

트럭과 승용차 한 대밖에 없어서 짐 실은 트럭에 몇몇 타고 가고, 몇 명은 터미널에서 시외버스를 타고 갔다. 터미널에 데려다주고 오는 차를 기다리는 동안 밥 먹었던 식당에 양해를 구해서 문 닫을 때까지 좀 있겠다고 했다. 우리의 처지가 딱해 보였는지 고맙게도 그렇게 해주었다. 모두 아무런 말없이 조용했다. 5살인 아들은 내 무릎을 베고 잠이 들어 있었다. 깜깜한 밤차를 타고 부산으로 오는 차 안. 조금 전까지 화려한 의상을 입고 왕과 왕비였고, 공주와 왕자였던 우리가 거지 왕자가 되어 버렸다. 늦은 밤 12월의 추위와 함께 마음도 너무 추웠다.

〈클래식아 놀자〉의 제작비는 '영어연극만들기' 공연을 지도해주고 받은 400만 원으로 시작했었다. 조명기 달고 극장 개관하려던 계획은 물거품이 되었고 빚만 커졌다. 개관은 그로부터 6개월 후에 하게 되었다. 어떻게 돈을 마련했는지 기억도 안 난다. 아마또 어딘가에서 빚을 냈겠지. 나는 이 사건을 두고 항상 이렇게 말한다.

"야! 조명기 달려다가 형광등 끌 뻔한 사건이다."

12

좌절된 아트센터

．

．

．

　연기 학원을 하는 동안 인연이 된 김○○ 선생님! 주부로만 살다가 학교 교장을 맡게 되어 사람들 앞에 서기가 두려워 훈련이 필요하다고 연기 공부를 하러 오셨다. 부산의 큰 회사 회장 사모님으로 사립학교를 만들면서 사회활동을 시작했다고 한다. 그 인연으로 태양아트홀에서 〈난난〉 공연을 할 때 남편인 회장님과 함께 관람을 오셨고, 회장님은 단원들에게 산꼼장어를 푸짐하게 사주면서 연극에 관해 많은 얘기를 나눴다.

　뉴욕 브로드웨이 대형 뮤지컬 공연의 화려함과 상업적 성공에 관한 회장님의 얘기는 남편에게 오프오프 브로드웨이의 실험과 전위, 창의성이 대형 뮤지컬의 기반이라는 주장을 강하게 하게 했다. 상업성에 반하는 예술가들의 자존심과 긍지의 대변이었다. 회장님은 뉴욕에서 많은 공연을 보고 왔지만 우린 뉴욕 브로드웨이는 고사하고, 영국의 웨스트엔드도 못 가 본 처지였다. 영국 런던의 웨스트엔드에 가서 〈오페라의 유령〉 〈레미제라블〉 〈

올리버 트위스트〉를 보게 된 건 2010년 여름에서야 이루어졌다. 뉴욕은 언제 가게 될지.

그 이후 김○○ 선생님은 광안리 극장의 공연도 보러 오며 인연을 이어갔다. 어느 날 회장님으로부터 만나자는 연락이 왔다. 용당의 사무실로 남편과 같이 갔다. 회장실은 한국적인 분위기로 소파 없이 좌식으로 되어있었다. 고풍스럽고 고급스러운 그림과 도자기, 난초 화분들이 즐비했다.

"기장에 이천 평 정도의 땅을 매입해서 예술센터를 만들고 싶은데 정 선생이 어떤 형태가 좋을지 연구를 좀 해주세요."

기대와 흥분으로 당장 경기도의 바탕골소극장의 예를 들고 자료를 준비하겠다고 했다. 디지털카메라를 빌려서 바로 바탕골소극장을 방문했다. 사진을 찍어 자료를 준비하고 대표를 만나 여러 가지 조언도 들었다. 그렇게 자료를 만들어 드렸다. 공연장과 갤러리, 예술교육을 할 수 있는 공간, 야외는 조각공원으로 꾸미고, 주부들을 위한 낮 공연을 만들어 평일 공연장을 활용하고, 아이들 손잡고 와서 체험 활동도 할 수 있는 교육장과 아이들을 위한 가족극 공연을 주말에 하고, 작가들이 상주할 수 있는 레지던시 공간도 만든다는 기획안이었다.

꿈에 부풀었다. 지하 소극장 좁은 공간 실험과 전위에 매달려 있는 데서 벗어나 뉴욕의 브로드웨이처럼 상업성과 예술성을 담보하는 공간을 운영하게 된다면 이 얼마나 황홀한 일인가. 부산에는 아직 이러한 공간이 하나도 없는데 충분히 가능성이 있고 부산, 경남 일대를 다 망라하는 명소가 되리라 생각했다.

그런데 한참 시간이 지나도 별 얘기가 없었다. 기다리다 지쳐 연락을 드리니 갑작스럽게 땅값이 두 배로 올라서 망설이다 포기를 했다고 하셨다. 삼성이 그 일대 땅을 사면서 땅값이 올랐다고 했다. 힘이 쏙 빠졌다. 꿈에 부풀었던 기획서가 한 장씩 날아가 버렸다.

이후 작품을 할 때 여러 차례 후원도 해주시고, 광안리 극장 공연 관람 후 민락동 횟집에서 회도 사주면서 자신의 어린 시절 얘기도 즐겁게 해 주셨는데 서서히 인연이 끊어져 버렸다. "정 선생 부부랑 같이 영화 보러 갑시다."는 회장님의 전화에 남편은 "연습 때문에 바빠서 안 되겠습니다."라고 거절해버렸다. 그 전화 이후로 소원해지면서 소중한 인연은 서서히 끊어져 버렸다.

얼마 전에 김경희 선생님과 통화를 했다. 김경희 선생님이 이사장으로 있는 학교가 기장에 있다. 가까운 곳에 있는데 조만간 한번 찾아가 봐야겠다.

2010년 연극인 연수활동으로 가게 된 유럽. 런던 웨스트엔드에서 뮤지컬을 관람하고 스코틀랜드 에든버러 축제에서 그때 그렸던 아트센터를 발견했다. 스토리텔링센터라고 되어 있었는데 지하에 소극장, 그리고 갤러리와 어린이 책을 파는 서점. 그 서점에 작은 무대가 만들어져 있었는데 아마도 책을 읽어주는 공간인 듯했다. 무대에 갈색의 나무 의자가 있고, 바닥에 아무나 편하게 앉을 수 있게끔 방석과 인형이 놓여 있었다. 별과 달과 나무와 숲이 그려진 무대막이 있는데 그 막이 너무 이뻐서 자세히 들여다보았다. 인쇄했거나 그림을 그린 것이 아닌 따뜻한 질감의

천으로 손바느질을 해서 예쁜 그림을 수놓고 있었다. 사진을 찍었다. 언젠가 아트센터를 하게 된다면 참고하리라 꿈을 꾸면서.

우리 공연장의 어린이 관객을 위한 객석은 대부분 기존의 성인용 의자에 높이를 높이는 보조 의자를 놓아주는 것밖에 없다. 그리고 유아는 엄마 품에 안겨 관람을 해야 하고 유아를 위한 공연 프로그램은 사실상 없다. 2019년 사할린 인형극장을 방문했을 때도 놀란 게 하나 있다. 유아들을 위한 공연이 따로 있었다. 어린이극 하면 보통 만 3, 4세 이상 아이들이 보고 그보다 더 어린 유아를 위한 공연장도 공연도 없는 게 우리의 현실이다. 첫째 아이 공연을 보여주기 위해 온 부모는 아기를 안고 들어가서 보다가 울면 중간에 나와야 하는 현실 아닌가. 그런데 아동·청소년 전용 극장인 사할린 인형극장은 두 개의 극장이 있는데 하나는 우리가 흔히 아는 어린이 극장과 또 하나는 유아를 위한 극장이었다. 유아를 위한 극장은 낮은 소파 형태로 객석이 되어있어서 엄마, 아빠랑 함께 와서 아이를 안고 혹은 아이 혼자서 봐도 위험하지 않은 아담하고 거실 같은 분위기였다. 공연의 내용도 공연의 길이도 유아에 맞춘 20분 정도의 공연이고 대사의 양도 극도로 적은 공연. 정말 아기 때부터 공연문화를 접하고 조금 크면 그에 걸맞은 공연을 볼 수 있게끔 잘 조직된 전문적인 극장이었다. 놀랍고, 부러웠다.

지금 내가 맡아서 운영하는 안데르센 극장도 유아를 위한 시설은 없다. 사할린극장을 보고 난 뒤 아쉬움을 느꼈다. 만약 언젠가 아트센터를 만들게 된다면 이 경험을 바탕으로 구상하리라.

13

예술교육 활동 속에서 만난 이들

연극이란 무얼까? 배우는 또 무엇인가? 사람은 누구나 자신이 하는 일에 대해 한 번쯤 원초적 질문을 던질 것이다. 순간순간 답을 얻어 힘을 내서 매진하고, 다시금 고민에 휩싸이기를 반복해서 살아가는 게 삶인 것 같다. "너 자신을 알라"는 소크라테스의 유명한 이 말을 진심으로 돌아보는 이 얼마나 될까. 지천명의 나이가 되어야 이 말의 의미에 한 발짝 다가와 있다는 정도다.

예술을 하려면 타고난 소질과 끼가 있어야 한다. 덧붙여 "연극을 하면서 먼저 사람이 되어야 한다."라는 말을 워낙 많이 들어서 배우로서, 예술가의 한 사람으로서 인성 또한 중요한 덕목이라 생각하고 살았다. 내가 스물여덟 살 때 연극계 선생님께서 이런 말씀을 하셨다. "연극은 도다. 그릇에 물이 채워질 때는 아직 도가 아니다. 가득 채워져서 넘쳐날 때 넘치는 것이 도다." 그때는 무슨 말인지 이해가 되지 않았다. 연극으로 보낸 세월이 이십 년 정도가 지나니 '아! 그렇구나'라고 이해가 되었다. 채우는 것은 공부의 과정이고, 불혹이 지나 희끗희끗 흰머리가 보이기 시작할 때 내가 하는 일이 무엇인지를 알게 되는 것 같다. 그전까지는 예술가 임네하고 자만하거나 잘난 체 말라는 의미가 아닐까.

배우가 하고 싶어 연극판에 뛰어들었고, 연극 속에서 남편을 만났다. 연극인, 예술인이라는 자부심 하나로 경제적 어려움은 예술가의 숙명이라 생각했다. 내가 배우에 대한 꿈을 접어버린 것은 순전히 남편 때문이었다. 배우로서 가지고 있는 약간의 소질과 무대 위에서의 행복감에 선택한 나의 길이었다. 하지만 작가로서 연출가로서 남편의 모습을 보니 나는 그저 폼만 잡고, 노력하지 않는 배우에 지나지 않았다. 잠도 잘 못 자고 심지어 미쳐보이기까지 하는 열정. 나는 잠 잘 자고, 미칠 것 같지도 않고, 대본이 너덜너덜해지도록 연습도 하지 않고. 몇 년을 비교해보고 배우에 대한 꿈을 접었다. 그렇다고 배우를 하지 않았다는 것은 아니다. 배우가 없으면 무대에 서기도 한다. 작은 역할을 맡아서.

주위에서 "왜 배우 안 하느냐. 남편이 연출인데 주인공 시켜달라고 해라." 등 말들을 많이 듣지만, 나의 길이 아님을 스스로 안다. 배우의 꿈을 접고 매진한 부분이 예술교육 활동이다.

2002년 한국문화예술교육진흥원의 연극예술강사사업 연수를 오랜 시간 받고 학교에 수업을 나갔다. 중학생, 고등학생을 만나 연극 활동을 하고, 동아리 수업도 하며 보람을 느끼고 있었다.

2005년 음악동아리의 공연 수익금으로 동구 종합사회복지관에 후원을 하는 행사가 극장에서 열었다. 그 인연으로 나는 몇 차례 행사 사회를 맡았고, 단원들도 스텝으로 참여하였다. 그렇게 만난 동구 종합사회복지관의 복지사 선생님에게 장애인 연극 수업을 해보자는 제안을 받았다. 그렇게 공동모금회에 사업 신청을 해서 2006년 〈나도 주인공〉이란 사업이 시작되었다.

정신지체장애인을 포함한 장애인의 사회참여 욕구 및 문화적 욕구를 반영하여 직접 문화예술활동을 할 수 있는 기회를 갖도록 한다. 장애인과 비장애인이 함께 연극 작품을 완성하는 프로그램인 〈나도 주인공〉을 통해 장애인은 자기 표현력과 성취감을 가질 수 있고 인생의 주인공이 되어보는 소중한 경험을 할 수 있을 것이며, 비장애인은 더불어 살아가는 시각과 장애인에 대한 긍정적인 시각을 가질 수 있을 것이다. 완성된 연극을 지역 내 학교 및 기관에 초청공연 및 순회공연을 함으로써 일반 시민들이 장애인도 할 수 있다는 긍정적인 시각을 가질 수 있도록 인식을 제고하고자 한다. 본 프로그램을 통해 장애인과 비장애인이 함께 어우러진 즐거운 문화마당을 이루어 낼 수 있을 것이다.

이것이 사업의 기획 의도였다.

8개월간 안창마을 가는 마을버스에 앉아 창밖을 바라보고 있던 내 모습이 지금도 아련하다.

사회복지 관련해서 아무런 지식과 경험도 없이, 주간보호센터에 있는 정신지체장애인을 대상으로 연극 수업을 진행해서 성과를 만들어 내는 일은 쉬운 일이 아니었다. 무식하면 용감하다고 정말 아무 생각 없이 학교 학생들한테 수업하듯이 하면 될 거로 생각했다. 보조강사 한 명도 없이 나 혼자 13명의 학생을 데리고 수업을 진행했다. 물론 주간보호센터 담당 선생님이 함께했다. 4월에 시작해서 8월까지는 마을버스에서 거의 날마다 울었나 보다.

"쉬운 단어를 써서 얘기를 좀 하십시오."

쉽게 말한다고 신경을 쓰는 데도 복지사 선생님이 보기에 어렵게 느껴졌는가 보다. 일상생활 용어가 아닌 연극 용어들이니까 그럴 만도 했고, 참여자들의 수준에 맞지 않았다. 당연히 나는 그들의 수준을 몰랐으니까 시행착오를 겪을 수밖에. 괜히 시작했다 그만두고 싶다는 생각도 여러 번 했다.

주어진 상황에 맞는 연기 따라 해 보기, 소리도 내보고, 친구와 마주 보고 거울 놀이도 불평불만 하나 없이 열심히 하는 장애인 친구들이 포기하지 못하게 했다. 어떤 수업을 해볼까? 끝없이 연구하고 고민하며 이들이 다양한 경험과 표현을 할 수 있도록 프로그램을 짜고 진행해 나갔다.

오른손, 왼손의 구분이 안 되는 친구들에게 연극을 가르치려고 했었던 나는 좌충우돌 끝에 하나하나 강사를 따라 하기로 수업의 방향을 전환했다. 소리 내는 것도, 걷는 것도, 팔을 들어 흔드는 것도. 내가 먼저 보여주고 따라 하게 했다. 한 사람 한 사람 그렇게 했다. 지금이라면 체력이 안 돼서 못하겠지만 그때는 젊음과 열정으로 가능했다. 오랜 시간 지속하니 언제부터인가 상황을 설명해주고 알아서 해보라고 하면 스스로 하는 친구가 생겨 났다.

이들은 한 가지 장애만 있는 것이 아니었다. 이중 삼중의 장 애를 가지고 있었다. 그리고 한 번도 그들의 몸은 생활에 필요한 행동과 할 수 있는 움직임 말고는 해 본 적이 없다. 하물며 팔을 높이 드는 일을 할 필요가 없었고, 소리를 크게 내어서 누굴 불 러볼 필요도 없었다. 달려야 하는 상황도 없었고, 권투를 해 볼 일도 없었다. 그들의 생활은 단조롭고 정해진 몸짓과 말하기만 존재했다. 그들은 복지관의 교실에서 집을 오가는 생활의 반복 을 15년 20년 30년씩 지속해 오고 있었다.

발표할 내용도 문제였다. 대사도 가능하지 않은 친구들이 많 다. 그나마 이○○이랑 안○○이는 몇 마디씩은 했고, 혜남학교를 다니던 여자 친구 하나도 말을 잘했다. 그래서 몸짓 위주의 대본 을 구성했다. 꿈에 관한 것이었다. 무엇을 하고 싶은가 말하기 수 업을 진행해서 얻었던 것들을 개개인의 꿈으로 설정했다. 하지만 감히 용기가 없어 꿈을 찾아 떠나지 못하는데 안○○이가 꿈을 찾아 떠나고 자신이 찾고 싶은 것을 발견한다는 내용이었다.

12월 발표일이 정해지고 인쇄물이 나왔다. 팸플릿에 모두의 얼굴이 이름과 함께 실렸다. 뭔가 더 의미 있는 게 없나 고민 끝 에 상장을 만들었다. 문구점에 가서 상장 케이스를 사고 상장 용 지에 이름을 넣어 인쇄했다. 평생 상장을 받아본 적이 없던 이들 에게 기념이 되었으면 했다.

11월부터는 극단의 단원들이 스텝으로 참여해서 머리와 손을 모았다. 드디어 공연이 다가왔다. 일하시는 부모님들이 참여할 수 있도록 저녁 시간을 정했고 자녀의 처음 있는 발표회에 모든 부모님이 오셨다. 혹시나 등장하는 걸 까먹을까 봐 단원뿐 아니라 지인도 몇 명 불러서 한 사람씩 책임을 지게 했다. 관객들에게 인사말과 함께 그간의 경과를 보고하고 "지금부터 나도 주인공 공연을 시작하겠습니다." 내가 진행을 보고 음악과 함께 공연이 시작됐다. 배우인 우리 장애인 친구들이 긴장해 있는 모습과 등장과 퇴장 시 친구를 도와주고, 심지어 상대방의 의상과 소품도 챙겨주는 자세를 보여주었다. 눈물이 날 지경이었다. 그런데 기적이 일어났다. 40분이라는 짧지 않은 공연 시간을 온전히 집중해서 공연을 완성하다니. 복지관 관계자들이나 극단의 단원들, 심지어 나도 자신이 없었던 일이다. 하지만 지금까지 누군가의 도움만 받아서 활동하던 장애인들 스스로 자신을 챙기고, 친구를 챙겨서 40분간을 달려서 목표 지점에 도달했다.

동구복지관의 이 작은 공간에 기적이 일어났다. 공연이 끝나고 한 사람씩 이름을 불러서 상장을 전달했다.

"안○○은 …… 했기에 이 상장을 수여합니다. 극단 자유바다 대표 강혜란."

내가 감히 상장을 줄 만한 지위에 있는 사람도 아니지만, 용기를 내어 그들에게 추억의 한 장면이 되길 바라며 수여했다. 그 상장이 아직도 이들의 집에, 자신의 추억 속에 남아 있을까?

행사가 끝나고 부모님들이 "누구 아버집니다. 엄마입니다."하며 나의 손을 잡고 울면서 감사하다는 인사를 했다. 나의 자식이 감히 무대라는 곳에서 조명을 받으며 연극을 하리라 고는 상상 하지 못했을 테니까.

'과연 잘할 수 있을까? 웃음거리가 되면 어떻게 하지? 아이들 에게 상처로 남지 않을까? 스치는 별의별 생각들과 두려움을 뒤로하고 드디어 막을 올렸습니다. 결과는 …… 성공이라고 말 하지는 않겠습니다. 소문이 꼬리를 물어 어느 날부터인가는 만원사례를 빚게 되었다든지, 무관심하던 사람들이 드디어 감 동의 도가니에 빠졌다든지 하는 영화 같은 일도 일어나지 않 았습니다. 영화보다 더 영화 같은 일은 오히려 우리 안에서 일 어났습니다. 자기표현도, 의사소통도 쉽지 않던 지적장애 장애 우 친구들이 이전보다 자기표현에 더 적극적이고 활달해졌습 니다.'

동구 종합사회복지관 관장님의 글이다.

이후 동구 복지관 노인들을 대상으로 1회, 혜성 학교에서 1 회, 학장종합사회복지관에서 장애인을 대상으로 1회, 그리고 자 유바다 소극장에서 일반 시민을 대상으로 1회 총 4회에 걸쳐 공 연하는 성과와 2007년 2008년까지 연속적으로 수업을 이어나갔 다. 몇몇 참여자의 변화된 모습, 예를 들면 틱장애가 심했던 재만 이는 언젠가부터 입을 떨며 얘기를 시작하거나 중간중간 떨던 모 습이 사라지는 변화를 보였기에 우린 더 긍정적인 열정을 품을 수 있었다.

이 계기로 나는 장애인, 다문화, 노인, 아동센터, 학교 밖 청소년, 노숙인 이렇듯 다양한 대상들과 예술교육 활동을 지속해서 진행했다. 그 속에서 세상을 더 많이 배우는 소중한 기회, 나를 더욱 성장시키는 기회를 얻었다.

주간보호센터 담당이었던 정혜리 선생님의 글을 소개하겠다. 전 과정을 옆에서 보았던 복지사로서, 전문가로서 이보다 정확한 8개월의 기록은 없을 것 같아 소개한다.

연극에서 삶을 배우다.

지적장애인이라는 꼬리표를 달고 있는 삶이란 자신의 의지보다는 타인 또는 틀에 박힌 인식의 테두리 안에서 결정되는 경우가 많습니다. 여태껏 모든 일을 보호자가 시키는 대로, 주는 대로만 해오며 사회와 단절되어 지내왔기에 일반적인 경험이 부족할 수밖에 없었습니다. 교사로서 좀 더 다양한 수업으로 이끌어가고 싶지만, 각각 다른 장애가 있는 이들이 함께 있기 때문에 사실상 여러 가지 활동을 하기가 어려웠습니다. 교실 안에서 이루어지는 학습의 높은 벽 앞에서 매번 싫증 내고 좌절하는 모습을 보며 안타까운 마음을 많이 느꼈습니다.
반복되는 일과에 아쉬움을 느끼던 중 연극 수업을 하게 되었습니다. 노력해서 못할 것은 없다는 희미한 희망 하나로 시작된 도전이었습니다. 13명의 친구가 한마음이 되기까지는 우선 모든 것을 처음부터 시작해야 했습니다. 발성 연습, 발음 연습, 걷기부터 달리기, 사물 표현하기, 감정 표현하기까지 그야말로 긴 여정이었습니다. 더듬거리는 말투와 서툰 움직임이었지만 이들은 그동안의 익숙한 모양이 아닌 새로운 모양으로의 변화를 위해서 부단히 노력했습니다.

연극 수업은 생소하였지만 여러 가지 훈련의 기회와 성과를 가져올 수 있는 충분한 체험이었습니다. 평소 활동 폭이 좁은 이들에게 신체 활동을 통해서 재미와 운동 효과를 가져다주었고, 산만함을 억누르고 대사를 외우며 집중력을 기를 수 있었습니다. 그리고 감정 전달을 하면서 서툴기만 했던 자기 의사 표현이 증가하였고, 연기 안에서 운동하고, 노래하며, 춤추고 여행을 떠나며 정말 멋진 경험을 하게 되었습니다. 또한, 소외감에서 벗어나 친구들과의 상호작용을 통하여 조화를 이루며 협동하는 모습도 볼 수 있었습니다. 우리는 자신에게 주어진 역할에 최선을 다하며 즐거움과 더불어 자신감을 가지기 시작했습니다.

유난히 길고 무더웠던 여름에 공연을 준비하는 데에는 벅차게 느껴지기도 했고, 큰 변화 없이 제자리걸음만 하는 것 같은 생각에 가끔은 지치기도 했습니다. 하지만 하루도 빠짐없이 연습하며 무슨 일이 있어도 멋지게 성취하고 싶다는 공통된 의지가 우리를 포기하지 않게 하였습니다. 하나의 표정과 동작을 이해시키기 위해서 목이 쉬도록 설명하시며 몸소 보여주시는 연극 선생님의 열정 또한 우리를 그만둘 수 없게 만들었습니다. 장애인을 처음 접하는 연극 선생님께서 편견 없이 이들을 지지하며 용기를 북돋아 주시는 모습에 부정적인 마음을 내비친 제가 부끄럽게 느껴졌습니다. 결코 헛걸음이 아니었습니다.

○○○은 시각장애를 가지고 있지만 뛰어난 암기력을 자랑하며 대사를 외우고 감정 연기까지 소화해나갔습니다. 평소 내성적이고 소극적이었던 ○○○은 자기 의사 표현을 서슴없이 하게 되었습니다. 몇 초간의 눈 맞춤도 어려운 ○○은 연극팀 안에서 자연스럽게 어우러져 가고 있었고, 행동이 조금 느린 ○○은 노래와 율동을 함께 해야 하는 장면 때문에 애를 먹었지만 강한 의욕을 보이며 맡은 역할에 최선을 다하였습니다. 가끔 심한 장난을 좋아하는 ○○의 의젓한 모습도 볼 수 있었으며, 매사에 성실한 ○○은 얼굴 한번 찌푸리지 않고 꾸준히 연습에 임했습니다.

5번의 공연이 무대에 올랐습니다. 부모님 앞에서, 어르신 앞에서, 친구들 앞에서 그동안의 갈고닦은 실력을 내보였습니다. 매끄럽지 못하게 진행될 때마다 아쉬움을 감출 수는 없었지만, 여전히 웃음을 잃지 않는 우리는 그간 흘린 땀방울의 보람을 얻을 수 있었습니다. 무대 위의 성과와는 상관없이 길고도 짧았던 8개월간의 시간은 평생 잊지 못할 추억으로 남을 것입니다.

우리는 장애와 비장애를 넘어 연습하고 부대끼는 과정에서 자연스럽게 연대가 이뤄지고 있었으며, 머리가 아닌 마음으로 장애를 이해할 수 있었습니다. 우리는 연극을 배웠고 연극으로 삶을 배웠습니다. 세상을 등지지 않고도 할 수 있는 일들을 떠

올려 봅니다. 이러한 계기가 사회와의 연결고리가 되어 당당하게 자신의 삶을 꿈꾸고 사랑하기를 소망합니다.

기회가 된다면 다른 장애인들도 연극을 통해 우리가 느낀 희열을 맛볼 수 있기를 바라봅니다.

8개월 과정에서 가장 고맙고 행복한 사람은 바로 나였다.

14

광안리 극장 시절과 마감

．

．

．

무언가를 시작하거나, 그만두기를 결정하는 일은 쉬운 일은 아니다. 하고 싶은 일을 시작하였다가 마음먹은 대로 되지 않으면 좌절하고 계속하느냐 마느냐 갈림길에 서게 된다. 기로 속에서 나의 노력이 부족한 걸까? 실력이 부족한 걸까? 끝없이 갈등하게 되지만 시작하기보다 끝내기가 더 힘들다는 게 지금까지 살아오면서 느낀 결론이다. 뒷모습이 아름다운 마무리! 떠날 때를 놓쳐서 지저분하고 비참해지는 경우를 매스컴을 통해 얼마나 많이 보고 있는가.

극장! 운영하기가 너무 버겁고 힘들어서 그만두고 싶었는데 그만두어지지 않았다. "그냥 그만두면 되지!" 맞다. 그만두면 되지. 그런데 왜 그게 그렇게 안 되었던 것일까? 미련, 아쉬움, 정리하려 해도 그 과정이 너무 복잡하고 힘들다는 등 많은 이유가 있었다. 10년이란 세월을 보냈다. 옛날에는 강산이 10년에 변하지만 요즘 세상은 핸드폰 모델 바뀌는 기간마다 강산이 변한다는 우스개 얘기도 있듯이 얼마나 변화무상한 시대인가. 그런데도 10년이란 세월을 지하 소극장을 붙잡고 있었다.

작품을 할 때마다 많은 인연이 왔다가 갔다. 창작극만 하던 우리 극단은 과정도 지난했고, 게다가 모든 작품이 초연이었기에 더욱 그랬다.

어렵게 조명 음향기기를 갖춰 2001년 6월에 개관공연으로 〈카바레에서 만납시다〉를 시작으로 〈꽃 II〉〈나 테러리스트〉〈서부극을 보러 간 엄마〉〈선택〉〈아름다운 이곳에 살리라〉〈달궁 맨션 405호 러브스토리〉〈행복 만들기〉〈안녕! 갈매기〉〈마법의 성과 피노키오의 모험〉〈어머니〉〈이제 다시 시작이다〉와 청소년 약물예방 연극 〈친구 아이가〉〈아름다운 비밀〉을 모두 초연했고, 이후 재공연도 많이 했다. 그리고 시민연극 교실과 소외계층을 대상으로 매년 예술교육을 진행했다. 작품 하나 만드는데 삼사 개월은 그냥 후딱 지나간다. 작품 두세 개 만들면 1년이 가버렸다. 전기세 월세가 밀려 힘들어도 작품에 빠져 있으면 그냥 잊어먹고 시간이 흘렀다.

건물 주인은 예술에 대한 이해가 전혀 없었고, 그저 월세만 잘 들어오면 되고, 문제만 만들지 않으면 된다는 사람이었다. 초반에 월세가 한 달 밀렸는데 내용증명이 날아왔다. 남편은 전화해서 "당신이 조폭이야." 하고 소리치며 만나자고 했다. 파크호텔 커피숍에서 사장과 관리소장, 우리 부부가 마주 앉았는데 남편은 큰소리만 쳐댔다. 옆에서 허벅지를 꼬집으며 말렸던 나는 그날 밤 극장 그만두고 당신은 서울로 가라는 얘길 했었다. "친정에 들어가서 아이 데리고 살면 되니까 차라리 서울에 가서 다른 극단에 들어가세요." 남편도 많이 고민하였지만 떠나지 못했다. 2년을 꾸역꾸역 유지하며 작품을 이어 갔다. 하지만 관객은 없고, 부산연극에서도 외면당하고 있다는 생각과 무엇보다 희망이 없어 보였다. 모든 것이 서울 중심이다. 부산에서 10년 이상을 연극활동을 하며 부산연극제 연기상, 전국연극제 연기상을 받았던 배우가 서울 가서 백상 예술대상 신인상을 받았다는 것은 가히 충격적이다. 지방에서의 활동은 실적 없음 아닌가.

남편은 그런 것에 분노했다. 어찌하든 서울에 입성하려고 마음을 먹었지만, 서울의 견고한 카르텔을 어떻게 뚫을 것인가. 그래서 선택한 남편의 답은 대학원 진학이었다. 학자금 대출과 친지들의 도움으로 2년을 새마을호 타고 다녔다. 하지만 단원 한 명은 돈도 없는데 대학원을 다닌다며 지네들 돈 안 주고 호사를 누린다는 오해를 했고, 서울 공연 이후 극단을 떠나가 버렸다. 멋진 작품으로 지방 연극, 우리끼리만 하는 연극이 아니라 중앙지에 보도도 나오고, 대학로에서 오픈 런 공연도 해보자는 꿈을 함께 꾼다고 믿었는데 결과적으로 홀로 꾼 꿈이었다.

2003년 여름. 대학원을 계기로 서울 공연을 기획했다. 아는 사람도 좀 생기고 그 덕에 대관료도 좀 깎고 인쇄도 좀 싸게 하게 됐었다. 단원들과 함께 〈태몽〉이라는 작품을 가지고 서울로 올라가 서울 배우들과 연습하고, 한 달을 공연했다. 극단 단원들에게 "돈 한 푼 줄 수 없고 서울 생활 알아서 할 수 있는 사람은 같이 가자. 아니면 서울 배우를 섭외해서 할 것이다." 누구나 대학로 무대에서 공연하고 싶어 한다. 분명 나에게 안 갈 거라고 말했던 배우는 연출한테 그런 얘기 한 적 없다며 펄쩍 뛰었단다. '내가 간다. 안 간다.'를 착각했단 말인가. 내 돈을 들여서라도 하고 싶은 무대. 거의 모든 배우가 올라가고 배우 이동희와 나만 남았다. 동희와 나는 마침 기획사에 팔린 〈아름다운 이곳에 살리라〉 공연을 진행했다. 부산 대구 창원 순회공연을 하면서 받은 돈으로 천만 원가량 되는 대관료와 인쇄비 등 제작비를 지원했다. 기획공연 아니었으면 서울 공연은 돈이 없어서 진행도 못 했을 것이다.

서울은 냉정했다. 아리랑 소극장을 대관했는데 어찌나 까탈스럽게 굴던지, 대관료를 계약할 때 얼마, 극장 들어올 때 전액 납입을 하라고 했다. 공연을 마쳐야 돈은 들어오는데 우리 극장은 "아이고 그냥 공연 끝나면 주세요."라고 하는데. 기획공연도 돈이 제때 들어오지 않았다. 극장에 들어가는 날까지 기획사로부터 계약된 돈이 나오지 않아서 입금을 못 하고 있는데 대학로 소극장에서 당장 돈을 안 주면 계약 취소한다며 서울서 전화가 와서 난리가 났다. 유명한 여자배우가 운영하던 극장인데 그 얘기 듣고 기가 막혔다. 같이 연극을 하는 사람끼리 이렇게 야박하게 굴 수 있단 말인가? 부산팀이라고 무시하는 건가. 서울팀이라 서로 잘 안다면 이렇게까지 하지는 않겠지. 어디 가서 돈을 구한단 말인가. 하는 수 없이 기획사에 전화해서 협박하듯이 말했다. 돈

안 주면 공연 못 한다고. 그렇게 받아낸 돈을 서울로 보냈다.

옛날 아들자식 대학 공부시킨다고 소 팔고 논 팔아 학비 올려 보내듯이. 남은 기획공연 마무리하고 그 기획사와는 인연이 끝이 났다. 공연 진행하는 동안에는 다음 작품에 대한 계획도 얘기하고 했었는데, 그런 협박을 했으니 다시는 함께하고 싶지 않았겠지.

처절하게 공연을 했다. 연기 학원 할 때 제자들이 스텝으로 참여해서 일을 도와주고 있었고, 관객도 많이 들었고 평가도 무척 좋았다. 나도 공연을 보기 위해 서울로 올라갔다. 그런데 대표인 내가 왔는데도 분위기가 이상했다. 지인이 와서 밥을 사서 같이 먹고 헤어졌다. 그때 벌써 배우들 간에 문제가 크게 일어나 있었다. 공연 끝나면 떠날 마음으로.

서울 공연이 끝나고 부산에서 공연이 계획되어 있었다. 그런데 엄○○ 배우가 내려오지 않았다. 서울서 활동하겠다고 선언하며 약속된 공연을 취소했다. 주요 배역인데 부산 공연이 무산될 판이었다. 급하게 박윤희 배우를 섭외해서 공연은 마무리하였지만, 충격은 너무 컸다.

서울서 장기간 머무는 동안 여배우들 간에 충돌이 많았다고 한다. 서로 미워하고 원수가 되어 버렸다. 전부터 말들이 있었다. 손○○은 집까지 찾아와서 다른 배우에 대한 불만을 말했었다. 연극만 하면 된다고 모였던 마음들이 사라져 버리고, 다른 이들 때문에 연극을 못하게 되어 버리다니. "쟤 때문에 못 하겠어요." 처음 마음을 잃어버리고 사람을 미워하게 되었다.

부산 공연이 끝나고 손○○ 배우도 돈을 벌어야겠다고 떠났고, 창단 멤버였던 이○○도 가버렸다. 여배우들이 모두 떠나가 버렸다. 남자 배우인 이창수는 서울로 적을 옮겼다. 우리 극단의 큰 사건이었다. 그때 다시 남편에게 극장을 그만두고 서울로 가라는 얘길 했었다.

즐거운 일도 많았을 텐데 왜 광안리 시절을 생각하면 음울하고 답답한 기억만 떠오르는지 모르겠다.

시간은 흐르고 작품은 올라가고, 사건들이 터지고, 울기도 했지만 웃는 날도 있으니 견디며 보낸 세월. 명상 모임 할 때 당시 도사 선생님들을 극장에 모시고 와서 어쩌면 좋겠냐고 묻기까지 했었다. 극장의 기운이 너무 안 좋다. 그만두라는 의견이었는데 그만두지 못할 거라고도 했다.

광안대교가 조금씩 모습을 갖춰가는 것도 보았다. 광안대교가 만들어질 때 해변을 낭만의 거리, 무슨 거리 해서 이름까지 붙여 불리었고, 우리는 작품 홍보물에 낭만의 거리 앞의 극장 하는 문구도 넣었었다. 관객을 모으기 위한 노력으로.

"동지란 서로 마주 보고 뭔가를 주고받는 관계가 아니야. 한곳을 같이 응시하면서 뭔가를 성취하고자 어깨를 나란히 하는……." 나 테러리스트에 나오는 대사이다. 동지가 되기는 쉽지 않다. 만남이 있으면 헤어짐이 있어야 하지. 헤어질 때 예쁘게 헤어져야 하는데 그 당시는 그렇지 못했었다. 우리가 선배로서 성숙하지 못했기 때문이라 생각한다.

극장을 그만두게 된 건 건물 주인이 나가라고 해서였다. 우리

의지로 그만둔 것이 아니라. 월세도 매번 밀리고 했으니. 카페를 하려고 했나 보다. 음악 쪽 관계되는 사람한테 넘겼다고 했다.

밀린 월세를 다 정리하니 남은 전세금이 이백 정도 되었다. 남천동에 지하 창고를 하나 빌려 짐들을 넣고 극장을 깨끗이 정리했다. 주인은 원상복구를 시키라고 했다. "들어올 때 시설 그대로 인데 무슨 원상복구입니까?" 원래 극장으로 되어있던 곳인데 어디로 복구한다는 것인가?

다 마무리하고 남은 전세금 달라고 전화를 했더니 우스운 상황이 벌어졌다. 들어오겠다고 계약한 사람들이 연락이 안 된다면서 나한테 하소연을 했다. 그래서 어쩌라고.

우습게도 우리가 그만두고 5년 이상 비어 있었다. 지금은 해양스포츠 관련된 사람들이 쓰고 있다.

광안리 시절은 인생의 암흑기 같이 느껴진다. 즐거웠고 행복했던 기억을 아무리 떠올려도 어느 날 멍하니 의상을 들고 걷고 있는 내 모습이 보인다. 지금의 코오롱아파트, 삼익 기존 집에서 극장으로 오는 오 분 거리의 그 길을 넋 놓으면서 걸어 극장에 도착했을 때 의상 바지가 없다. 어딘가 떨어드린 것을 알고 다시 돌아가서도 찾지 못했던 그 의상처럼 나를 잃어버리고 살았던 시절이다.

어둠이 있어야지 빛의 소중함을 알겠지. 이후에 빛을 느낄 수 있도록 어둠을 경험한 것이리라.

15

지방의회 의원이 되다

·

·

·

연예인들을 통해 길거리 캐스팅이란 말을 많이 들었다. 사람의 운명은 진짜 길을 가다가 영화의 주인공으로 캐스팅이 될 수 있는가 보다.

나의 삶에서 한 번도 상상해보지 못한 일인데 나는 구의원이 되었다. 평소에 정당 활동을 했다거나 정치판을 기웃거렸다거나 했으면 모를까 연극 관련한 것 외에는 관심도 없이 예술교육 활동에 매진하고 있을 때였다.

남편에게 작품 의뢰가 왔다. 우리 극단의 박지영으로부터 음악을 하는 지인이 제작하고자 하는 창작 음악 관련 공연에 대한 것이었다. 남천동 커피숍에서 남편이랑 의뢰인, 지영이와 미팅이 잡혔다. 길 건너 살고 있던 지영이가 우리 집으로 왔는데 "강 대표 니도 같이 가자." "내가 뭐하러." 했더니 남편도 어차피 앞으로 작업하면 볼 사람인데 같이 가자고 해서 세수만 하고 따라나섰다. 그때 나는 감기가 심하게 걸려 있었다.

네 사람이 커피숍에서 작품을 주제로 논의 중이었는데 운동복 차림의 유○○ 의원이 문을 열고 들어왔다. 유 의원은 예전 수영구청장 할 때 광대연극제를 처음 만드는 과정에 만났었고, 박지영이도 학부모 회의 등에서 얼굴을 알던 터였다. 우리를 보고 아는 체를 하며 자리에 앉았다. "운동하다가 화장실 가려고 들어왔어요." 그렇게 앉아서 잠시 얘기를 나누다가 화장실 간다고 가더니, 나와서 다시 자리에 끼는 거였다. 그러면서 "구의원 할 여성을 찾고 있는데 한번 해보시죠." 하며 앉아있는 우리 셋에게 말을 꺼냈다. 지영이가 "강 대표가 하면 잘할 텐데." 그러자 나를 향해 한번 해볼 의향이 없느냐고 했다. 나는 전혀 정치하는 데 관심이 없다고 얘길 했다. 그 자리에서 우리 세 사람의 전화번호를 받아 갔다. 다음날 한번 만나자고 나에게 전화가 왔다.

　광안리 바닷가 투썸 플레이스에서 만났다. 아주 긴 시간 얘기를 나눴다. 구의원 하려고 가방에 돈 싸 들고 기다리는 사람이 많다고도 했다. 어찌 되었든 그의 설득에 넘어가서 한번 해보겠다고 했더니, 학교를 어디 나왔냐고 물었다. 남천초등학교에 광안여중은 수영구에 지역구도 딱 맞았다. 이 지역 사람이니까 명분이 좋다는 거였다.

　그런데 문제가 생겼다. 남편이 반대했다. 한나라당은 나와 정치색이 맞지 않고, 거기다 이십 대 젊은 날 한동안 몸담았던 시민단체는 한나라당을 타도하자는 구호를 외쳤던 곳이다. 내 주위의 많은 사람이 그런 성향인데 어떻게 그들을 설득하겠느냐고 했다. 이런 의견을 듣고 안 하겠다고 연락을 했다.

　남편이 반대해서 안 되겠다고 했더니, 남편 연락처를 물었다.

커피숍에서 두 시간을 얘길 나누고 온 남편은 유○○ 의원이 눈물까지 보였다며 나보고 사고 크게 쳤다고 나무랐다.

다시금 생각했다. 다른 사람의 의견이 아닌 나의 마음이 중요하다. 내가 이 일을 하고 싶은가? 하고 싶다면 왜? 몇 년째 하고 있던 장애인 예술교육 활동. 동구 종합사회복지관 지적장애우들. 몇 년을 수업했으니 이들이 배운 거로 할 수 있는 일이 없을까 고민을 했었다. 인형극을 만들어서 대사는 녹음하고 이들이 인형 조종은 할 수 있으니까 일을 할 수 있도록 해 줄 수 있지 않을까? 복지관 선생님하고 얘기도 나눴었다. 하지만 말처럼 쉽게 할 수 있는 일이 아니었다. 그때가 그런 고민을 많이 하고 있을 때다. 그래서 정치는 그런 힘이 있지 않을까? 내가 현장에서 고민했던 것을 실천할 수 있게 하는 게 정치가 아닐까? 이러한 고민 끝에 출마하기로 했다.

그런데 당내에서 반발이 많았나 보다. 듣도 보도 못한 여자를 데려왔다면서 당원도 아니고 그동안 당을 위해 일 한 것도 없는데 공천을 줬다고 온갖 소문들이 돌았다고 한다. 전략공천이라는 멋진 말을 했지만 사실 그 눈빛들이 참 불편했다.

환영해주는 사람 하나 없는 속에서 선거를 치르고 당선이 됐다. 유○○ 의원은 내가 잘나서 공천한 게 아니고 자신의 입지를 위해 필요해서 한 공천이었다. 구의원의 일에 대해 전혀 알지 못한 나로서는 뭔가 가르침이 있겠지 생각했는데 전혀 없었다. 혼자서 그야말로 맨땅에 헤딩하듯이 일을 했다. 4년 동안 열심히 일했다. 하지만 지나고 보니 몰라서 한 실수도 많았다.

가장 감사하게 생각하는 것은 반쪽만 보고 살 뻔한 내 삶을 키우는 계기가 되었다는 거다. 젊은 날부터 진보적인 단체 활동과 사고를 하고 있었다. 내 주위의 많은 사람들 또한 그랬다. 보수파의 사람들을 싫어했고, 피하기까지 했다. 하지만 보수당의 사람 속에 있으면서 처음에는 힘들었지만 내가 몰랐던 세상의 반쪽을 공부하게 되었다.

4년의 세월이 지나고 새로운 선거가 다가왔을 때 나는 공천을 받게 될 줄 알았다. 그런데 아니었다. 어리석은 일이었지만 탈당해서 무소속으로 시의원 선거에 나갔다가 보기 좋게 떨어졌다. 그때 유○○ 의원을 만나서 "왜 나를 공천 안해주느냐."고 물었더니 "야권 성향이 너무 강해서 사람들의 반대가 많다."가 답이었다.

수영구가 전국적으로 떠들썩한 일이 한 번 있었다. 어린이집 학대 사건이었다. 연일 뉴스가 터지고 전국에서 항의성, 당부성 메일과 전화가 왔다. 여성의원이시니 다시는 이런 일이 없도록 아이들을 지켜달라는 내용이었다. 경찰은 수사에 들어갔다. 그런데 갑자기 의원들이 조사위원회를 구성해서 사건을 조사하자고 했다. 나는 반대를 했다. "경찰이 수사 중인데 우리는 수사권도 없고 조사가 무슨 의미가 있느냐. 경찰 수사로 처벌받을 사람 받으면 되는 것 아니냐." 하지만 나의 의사와는 다르게 조사위원회를 꾸리게 되었다. 그런데 그렇게 조사위원회 구성해야 한다고 난리였던 의원들이 정작 일 하는 데는 스르륵 빠져버렸다. 한 의원은 자신의 손자가 그 어린이집에 다녀서 관계자가 되니까 회피를 하겠다고 빠졌다. 진보적이라고 하는 당의 의원은 사건이 터졌을 때 전화 와서 뭐라도 해야 한다고 난리더니 아예 나타나지도 않았다. 다른 여성의원 한 명도 마찬가지였다.

야당 의원 한 명과 두 사람이 일했다. 그 일을 하고 문제점 지적한 것 때문에 나는 새누리당 안에서 배신자가 되고 말았다. 그 어린이집이 국공립이었는데 위탁을 하는 과정에서 우리 당 우리 지역의 유력인사와 관련된, 한마디로 비리로 보이는 문제가 있었다. 하필 그것이 내 눈에 띄어 지적을 했다가 구청이 발칵 뒤집혔다. 그 사건으로 어린이집 원장의 시어머니인 유력인사로부터 원망의 소리를 들었다.

"저는 저의 일을 한 겁니다."라고 말했지만 그게 무슨 소용인가?

모두 나를 바보라고 했다. "여성의원모임에서 강 의원 욕하고 난리입니다." 동료 여성의원은 웃으며 즐겁게 얘기했다. 맞다. 자기 당의 비리를 밝혔으니 나는 바보짓을 한 게 맞다.

정치를 잘 몰랐다. 지금 같으면 나처럼 일한 것이 그다지 잘못은 아닐 것 같은데, 많은 것을 보고 느끼고 공부한 세월이었다. 지금은 그 세월에 감사한다. 진보는 보수, 보수는 진보를 공부해야 진정한 더불어 사는 세상을 살아갈 수 있다. 반만 알아서는 정답과 해답을 찾을 수 없다.

16

중앙동 극장 시대를 열고 다시 마감하다

·

·

·

　중앙동에 있던 시청, 경찰청 등 관공서가 이전하게 되면서 원
도심에 빈 사무실이 늘게 되고, 상권은 죽어갔다. 그래서 원도심
도 살리고 예술가도 살리자는 의도로 원도심창작공간 '또따또
가'가 만들어졌다. '또따또가'는 관용, 배려, 문화적 다양성을 의
미하는 프랑스어 '똘'레랑스(Tolerance)에서 '또'를 가져오고 '따'로
활동하지만 '또' 같이 활동한다는 의미와 거리나 지역을 나타내
는 한자 '가'(街)를 합성하여 우리말로 표현한 것이다.

　예술가들에게 일반적인 작품 제작비를 지원하는 형태가 아
닌, 건물을 지어서 예술 공간을 만드는 것도 아닌 공간을 제공하
는 방식으로 예술가들의 거리, 예술가촌을 만들어서 지역을 살
리자는 멋진 아이디어였다.

　원도심은 노후화된 건물들이 많고 일제 강점기 지어진 오래
된 건물들도 있는 나이가 지긋한 지역이다. 한데 건물은 오래되
고 낡았지만 옛날 콘크리트로 지어진 건물은 아주 아주 튼튼하

다. 건물을 짓는 비용보다 부수는 비용이 더 들지 않을까 싶을 정도로 튼튼해 보인다.

　비어있는 공간을 예술가들에게 제공하면 예술가는 자신의 작업에 맞게 사용을 하고 월세는 시에서 3년을 지원하는 방식이었다. 차재근 선생(큰 차재근, 부산 문화계에 차재근이 두 명이라 큰, 작은 의 수식어를 붙여 부름)을 백년어서원에서 만나면서 이 소식을 접하게 되었고, 극장도 하나 있으면 좋지 않느냐는 의견이 모이면서 극장을 넣기로 했다고 한다.

　3년간 월세는 시에서 내어준다지만 극장은 시설비가 얼마나 많이 드는가. 책상 몇 개 놓으면 되는 일이 아닌데 남편은 건물을 알아보러 다니더니 ○○○○○건물 3층을 계약하게 되었다.

　지하 공간이면 방음 걱정은 안 해도 돼서 시설비가 적게 들 텐데 너무 긴 세월 지하에만 살아서 햇빛을 받고 살고 싶었다. 광안리 극장 당시 공연했던 고 하현관의 작품 한 장면이 생각난다.

　"지하 방에서 자고 일어나 지하철 타고 지하 극장으로 출근한다."

　또따또가 공간 대부분을 40계단 근처로 확보하고 있어서 극장 또한 그랬으면 좋았을 텐데 마땅한 곳을 찾지 못해 반대편이 되었다. 하지만 중앙동 지하철역 2번 출구 바로 앞이어서 관객의 접근성 면에서 제격이었고, 화물 엘리베이터도 있어서 무대장치 반입 등 여러 면에서 편리한 측면이 있었다. 또 빚을 냈다. 은행에 대출을 받았다. 무대장비는 가지고 있던 것을 활용하였지만 창고로 쓰고 있던 공간에 방음까지 생각해서 시설하자니 고민할 게 많았다.

벽을 두고 세 방향을 복도로 하고 그 중간을 무대와 객석으로 디자인을 하니 방음에 큰 도움이 되었다. 무대, 분장실, 등 퇴장을 위한 입구들, 혹시 늦은 관객의 입장을 위한 입구, 객석 밑으로 짐을 넣을 수 있는 창고까지 설계를 했고, 객석 의자 치수도 줄자로 수십 번을 재면서 계산했다. 하지만 우리가 설계를 다 했어도 설계사에게 돈 주고 도면을 그려야 한다는 걸 그때 처음 알았다. 모든 사무실을 설계사가 다 그려주는 게 원칙이라면 설계사는 돈을 많이 벌 수밖에 없겠구나. 손용택 선생에게 목재 공사를 맡기고, 바턴과 객석 철재 공사는 조각가 박은생에게 맡겼다. 전기공사는 단원이며 전기기사인 이동희가 땀을 흘리며 했다. 공사가 진행되는 동안 로비 바닥재와 연두색 로비 전등을 사고 남편이 경기도 테크노파크에 스토리텔링 회사로 입주하면서 사뒀던 사무용품을 권혁철이와 함께 트럭을 가지고 가서 실어 왔다. 시속 100킬로 이상이 안 나가는 고물 트럭을 몰고 하루 만에 왕복으로 그 먼 거리를 새로운 극장 새로운 시작을 위해 번갈아 운전하며 달려갔다 왔다.

계약에서 공사까지 마무리하는 데 약 7개월이 걸렸다. 시간이 오래 걸렸던 것은 갑작스레 구의원 선거에 나가게 되면서 단원들 모두가 몇 달 선거에 매진했기 때문이다. 선거가 끝나고 개관식 준비를 박지영과 강순보가 맡아서 해주었다. 로비에는 중국에서 오래 살다 온 김경숙 언니가 준 예쁜 의자와 커다란 화분이 자리 잡았다. 중국풍 의자는 한 번쯤 공연에 쓸 수 있겠다 싶었지만 그럴 기회는 없었다. 아깝게도 극장을 그만두며 버리고 말

앉다. 화분은 광안리 극장 문을 닫고 남천동 지하 사무실에 몇 달 있는 동안에 햇빛을 못 보고 한 번씩 주는 물만 먹고 있었다. 그랬더니 잎이 노랗게 변해버렸다. 아이고 저러다 죽겠다고 생각했는데 중앙동 3층의 해가 잘 드는 곳에 자리를 잡으니 가지마다 천방지축 뻗어 나가며 초록빛을 되찾기 시작했다. 불쌍하게도 분재용으로 몸통에 철사를 감고 있었는데 그것을 풀어줬더니 더욱 씩씩하게 자랐다. 수업을 나가던 복지관의 관장님도 화분을 하나 보내주시고, 선거 때 들어온 난초 화분들도 자리를 잡아 생기가 철철 넘쳐 보였다. 김순선이가 한바탕 춤으로 축하 공연을 해주었고, 중앙동 극장 시절이 시작되었다.

지금은 돌아가셨지만 자수성가하신 까탈스러운 회장님께 계약 당시 10년은 보장해줘야 한다는 약속을 요구했다. "예술 공간이 건물에 있다는 것은 자랑할 만한 사항이다. 대학로는 극장이 있는 건물에 세금 혜택도 준다. 부산도 앞으로 그렇게 될 것이다. 그리고 시설비도 많이 들어간다."는 등의 내용을 애기했다. 회장님은 알았다고 구두로 약속을 하셨고 시에서 사업이 3년 계약이었기에 계약서는 그렇게 작성했다. 소파에 앉아 줄담배를 피우시면서 애기를 하시던 자그마한 키에 깡마르시던 회장님은 도전과 인내로 살아오면서 성공하신 분의 면모가 보였다. 하지만 실내에 자욱이 깔리던 담배 연기는 참기 힘들었다. 직원들도 회장님을 슬슬 피하는 모습이었다. 몸에 밴 절약과 검소함을 직원들에게 강요하는 잔소리를 하시니 피할 수밖에. 그런데 회장님은 그 당시 폐암 말기셨다. 그런데도 담배를 그렇게 피우셨다. 정기적으로 치료차 서울을 왔다 갔다 하셨고, 병원 가는 일 말고는 온종일 사무실에 출근해계셨으니 대단하기도 하고 한편으로는 안타깝기도 했다. 일하는 것 말고 그 많은 재산과 정신적 자산을 누리지도 못했으니……

극장을 만들고 얼마 안 있어 회장님이 돌아가셨다. 극장 공사를 한창 할 때, 개관공연을 할 때 올라오셔서 이런저런 잔소리를 하셨고, 남편은 회장님의 잔소리하시는 모습이 좋다며 같이 농담하고 웃고 했었는데. ○○○○○ 회사는 그 뒤 복잡하게 돌아가는 듯했다. 상속 문제와 세금 문제 때문인 것 같은데 몇 번의 변화가 있어 보였다. 마무리가 다 되었는지 아들이 사장이 되어 다시금 계약서를 썼다. 3년은 시의 지원으로 월세 백 프로를 받았고, 다시 3년은 오십 프로 월세 지원을 받으며 6년을 보냈다.

그동안 2010년 〈이사 가는 날〉 2011년 〈돌고 돌아가는 길〉, 2012년 〈나무목 소리탁〉 2013년 〈전설의 블루스〉, 2014년 〈전설의 박도사를 불러라〉, 2015년 〈바람 바람〉 등 많은 작품과 예술 교육 활동을 했다. 〈돌고 돌아가는 길〉은 부산연극제 최우수 작품상을 받았고, 〈전설의 박도사를 불러라〉는 '한형석 연극상'을 수상했다.

부산시민으로서 부산의 연극인으로서 부산의 이야기를 매년 한편씩 작품으로 만들자. 이런 취지로 만든 작품이 전설 시리즈 〈전설의 블루스〉와 〈전설의 박도사를 불러라〉다. 부산의 오래된 음악다방이야기 〈전설의 블루스〉와 부산에서 유명한 박도사 이야기였는데 우리가 공연한 후 박도사 이야기를 다룬 〈극비수사〉 영화가 나왔다. 물론 스토리는 전혀 다르지만, 박도사라는 소재를 우리가 먼저 만들었다. 하지만 부산 이야기를 다룬 작품은 두 작품으로 끝이 났다. 2015년 〈영도 브릿지〉라는 뮤지컬을 구상해서 부산문화재단에 제안서를 내었다가 크게 상처받은 사건이 있었다. 의지가 꺾여버려 이후 부산배경의 작품을 더는 만들지 않았다.

2015년 여름. 계약이 만료되는 시점이 6개월 앞으로 다가왔다. 다시 3년 계약 연장을 하려고 사장과 만나 얘기를 나눴고, 그렇게 하겠다고 해서 또따또가와 계약 상황도 다 정리를 하였는데 계약일 한 달을 앞두고 갑자기 나가라는 통보가 왔다. 사장을 만났다. "미안합니다. 우리 본사 사무실을 쓰기로 했습니다." 이 말 한마디가 다였다. 가진 자의 횡포로 느껴졌다. 사장은 돈 많은 부자 티를 강하게 내며 오만해 보였다. 아버지의 성공에 기댄 유산 상속과 회사 상속으로 부자가 되었지만, 인격은 갖추지 못한 느낌. 아버지 회장님은 깐깐한 구두쇠이고 직원들에게 까탈스러운 사람이었지만 사업가로서 철학과 신념이 있다고 느껴졌었다. 그런데 그 아들은 그렇지 않았다. 회장님 돌아가시고 그들은 여러모로 갑질이란 걸 했다. 실장이란 직함의 여자가 있었는데 우리 단원 이동희와 대판 싸우기까지 했다. 동희가 "미친여자 같아요."라고 말할 정도였다.

4층에 있던 건축사 사무실의 직원도 실장과 싸웠다며 그 실장의 갑질에 혀를 내두를 정도였다. 일개 직원이 상식 밖의 갑질을 어찌나 해대기에 회장님 딸인가 했었는데 아니라고 했다. 우리가 극장을 정리하고 있을 때 오랜 세월 그 건물에 세 들어 있었던 건축사 사무실이 먼저 정리하고 떠나갔다. 지금 건축사 사무실 자리는 당구장이 되어 있고 우리 극장은 간판이 그대로 걸려 있다. 사장이 당구 치는 걸 아주 좋아했다고 들었지만 설마 당구장 하려고 쫓아낸 건 아닐 텐데 참으로 이상하고 이해가 되지 않는 부분이다.

그런데 원상 복구까지 하고 나가라고 했다.

"사장님 어차피 본사 사무실 들어오면 뜯어서 공사할 거 아닙니까?"

"상가거래의 원칙 모르세요? 계약서에 다 쓰여 있잖아요."

"계약서는 또따또가에서 써서 잘 모르겠고요. 어차피 뜯을 건데 그리고 구두 약속이지만 그걸 어기신 건데 고려해주세요."

"뜯고 나가세요."

속이 상해 내 손으로 도저히 뜯을 수가 없어서

"돈으로 드리겠습니다. 견적 내서 알려주세요."

그렇게 삼백만 원을 주고 나왔다.

그런데 아직도 자유바다 소극장 간판을 그대로 걸어두다니. 전화해서 돈 줬는데 간판 철거하라고 하고 싶기도 하다. 하지만 자유바다 소극장 흔적이다 싶어 전화기에서 손을 뗀다. 나의 건물이 아닌 곳에 아무리 명분 좋은 공간, 인기가 많은 공간, 사회적으로 필요한 공간이 있다 한들 무슨 소용이 있는가? 건물주가 나가라 하면 끝인데.

우습게도 광안리 극장도 그렇게 내쫓고 몇 년을 비워두고 있더니 여기도 마찬가지네. 그렇게 공들여 만든 극장의 내부는 그대로 있을 거 같다. 아마 창고로 쓰며 타일이며 변기, 욕조 등 회사의 물품을 쌓아두고 있겠지. 그렇게 비싼 창고는 아마 없을 것이다.

17

당아모, 당당하고 아름다운 사람들의 모임

·
·
·

　당당하고 아름다운 사람들의 모임! 부부가 함께한 모임의 이름이다. 당아모.

　사업가 부부, 치기공사 부부, 중문학 교수 부부, 연극인 부부 이렇게 네 부부가 우연과 필연으로 만나 의기투합해서 친목 모임을 하게 되었다. 매달 정기모임을 하자고 하였지만 여러 가지 핑계를 대며 자주 만났다. 좋은 일이 있어도 만나고, 안 좋은 일이 생겼어도 만났다.

　1박 2일 여행도 여러 번 다녀오고, 치기공사 부부의 시골에 있는 별장에도 가서 직접 만든 두부를 감탄하며 먹기도 했다. 강원도에서 간수를 공수해서 맷돌로 콩을 직접 갈고, 가마솥에 커다란 주걱으로 팔이 아플 정도로 저어서 만든 두부였다. 두부 만드는 것을 처음 봤다. 보통 정성의 공정이 아니었다. 한모에 만원은 되겠다는 계산이 나올 정도였으니까.

　사업가 부부와는 중국 정강산도 함께 다녀왔다. 중국의 혁명

성지를 보겠다는 사업가 부부의 의지에 초청되어 우리 부부도 평생 가보기 힘든 곳을 여행하고 돌아왔다. 현지인의 안내를 받아 구석구석 구경을 하였고, 현지인의 집에 초대되어 그들이 차린 거한 저녁상도 받고, 그 유명한 마오타이주도 대접받았다. 밥상의 메뉴는 지금 생각해도 거창하게 느껴진다. 소고기, 닭고기, 돼지고기는 기본이고, 개구리 고기, 뱀고기, 사슴고기가 있었다. 가이드하던 현지인은 사업가 김 선생님이 공항에서 우연히 만난 젊은 여자분으로 핸드폰이 없는 김 선생님이 핸드폰을 빌리면서 말을 걸게 되고, 공항에 대기하는 몇 시간 동안 친해져서 연락을 주고받는 사이가 되었단다. 김 선생님의 친밀감 강한 성격 덕에 정강산으로의 여정까지 만들어지게 되었다. 북경에서 직장 생활을 하는 그분은 휴가까지 내어서 1주일이나 정강산 안내를 맡아주었다.

김 선생님은 핸드폰이 없다. 돈이 없어서가 아니라 의도적으로 그렇게 하고 계셨다. 민주라는 단어와 공부를 좋아하는 김 선생님은 자신의 건물에 인문학과 문화예술이 가득한 운동을 지향해서 화가 김충진, 그리고 극작가 겸 연출가인 정경환, 소설가 김곰치와 함께 여러 가지 구상을 하였고, 건물 2층에 ○○○이라는 도서관 겸 카페를 만들었다.

책장 짜 넣는 것 하나하나 다 김 선생님 손을 거쳐 만들어지는 것을 보았고, 대단한 애착과 신념을 엿볼 수 있었다. 내부 인테리어가 완성되는 데 상당한 시간이 걸렸고, 그동안 우리는 김 선생님 건물의 5층으로 극단 사무실을 이전했다. 중앙동 극장을 그만두고 북구 스트리트 624에 잠시 있다가 그곳에서 나오게 되었을 때였다. 돈이 없어 갈 곳이 마땅찮은 우리에게 흔쾌히 공간을 내어주셨다. 2015년 부산문화재단의 브랜드 콘텐츠 사업 뮤지컬 영도 브리지 사태가 나서 상처받고 힘이 빠져 있을 때 위로와 함께 후원금 오백만 원을 주셨다. 정말 깜짝 놀랐다. 그것이 마중물이 된 것처럼 이후 상처도 많이 치유되고 일들도 잘 풀려 나갔다. 나도 누군가에게 저렇게 희망의 메시지가 되도록 힘쓰겠다는 결심을 하게 된 순간이었다.

가지고 있는 책이 많다고 항상 자랑하셨는데, 우둥불에 갖다 놓은 김 선생님이 소장하고 있던 책의 양은 상당했다. 처음에는 소설가 김곰치에게 운영을 맡기려고 했었다. 그런데 무슨 이유인지 무산이 되었고, 우리 '당아모'에서 해보자는 제안을 해오셨다. 서두르지 말고 차근차근 머리를 모아 가보기로 했다. 그리고 매달 예술가들 한 사람씩을 강사로 초대해서 인문학 강좌를 진행하였다. 하지만 처음부터 약간씩 부침이 있었다. '당아모'가 의논을 해서 결정한 사항이 있는데 김 선생님은 다른 선택을 해버리는 경우가 몇 차례 발생했다.

"어 선생님 왜 이렇게?"라고 질문을 하면

"그렇게 하기로 했어요. 아무래도 그러는 게 나을 것 같아서." 라는 대답이 돌아왔다.

많은 회원이 만들어졌고 매월 새로운 사람을 찾아 강의를 진행했다. 김 선생님은 항상 이것은 강의가 아니라고 하셨다. 일방적으로 강의하는 것이 아니라 함께 소통하는 자리라며 "강의 시간은 30분 이내로 하고, 나머지는 질의응답을 받는 것으로 하자."

는 나름의 운영방식에 대한 철저한 기준을 세웠다.

두 시간의 진행이 끝나면 화려한 뒤풀이가 기다리고 있다. 김 선생님이 세계 곳곳을 다니며 사다 놓은 다양한 술이 안주와 함께 제공되었다. 물론 강의 시작 전에 김밥이나 떡, 과일이 준비되어 있었다. 우리는 "공짜는 좋지 않다. 회비를 받아 운영합시다." 고 제안했지만, 김 선생님은 그런 것은 그다지 중요하지 않게 여겼다. 연회비를 납부하는 회원도 많이 만들어졌고 매번 자리가 가득 메워졌다. 소모임도 많이 만들었다. 하지만 모든 주도는 김 선생님이 하셨고, 우린 할 일이 별로 없었다. 어느 날 우리가 도와주지 않는다고 웃으면서 섭섭해하셨다.

"아니 선생님 함께 하려고 의논해서 결정하면 선생님이 마음대로 해버리고 그러니까…."

부부간 1박 2일 여행을 가서 술을 한잔하는 자리였다. 취기에 솔직하게 얘기를 한 게 잘못이었나 보다. 몇 번 말이 오가다가 언성이 높아졌다. 그냥 "바빠서 죄송합니다."라고 해야 했는데. 그때부터였던 것 같다. 마음의 거리가 생겨버린 것이.

2019년 4월 사무실도 정리했다. 지금은 연락을 전혀 하지 않는다. 사람의 인연이 이렇게 정리되는 경우도 있구나. 선생님의 목적을 제대로 파악하지 못한 나의 탓이다. 의도를 알아야 나의 입장이 만들어질 텐데 내 나름의 생각으로 그분의 의도를 정해 버렸으니 이런 사달이 난 것이리라.

차라리 절망을 배워 바위 앞에 섰습니다.
무수한 주름살 위에 비가 오고 바람이 붑니다.

바위도 세월이 아픈가 또 하나 금이 갑니다.

균열이 생기며 또 하나 배웠다.

18

신나는 예술여행

．
．
．

　여행은 정말 좋은 것. 예술을 하는 사람은 자신의 작업과 함께 여행을 곁들일 수 있다면 그만큼 최상의 상태는 없을 것이다. 해외는 두말할 필요도 없겠지. 어느 나라든 초청공연을 하러 가서 공연하고 여행을 할 수 있다면 얼마나 좋을까. 내가 지금 가지고 있는 목표다.

　2015년 하반기 문화순회사업 신나는 예술여행에 선정되어 〈우리 어머니〉란 작품으로 거창과 밀양 등 찾아가는 공연을 진행하게 되었다. 산업화 시대에 노력과 희생을 강요당하며 우리나라를 발전시키는 데 가장 공이 큰 우리 부모님 세대의 이야기로 전 연령대 공연 관람이 가능하지만 우리는 노인을 대상으로 공연하기로 했다. 어쩜 나의 이야기구나! 내가 저렇게 살았는데 하는 공감 속에 스스로를 위로하고 나의 삶에 당당할 수 있는 기회의 시간이 될 수 있는 공연이었다. 공연할 곳은 우리가 직접 섭외해야 했고, 거창에 있는 연극인 서정상의 도움으로 그 어려운 섭외를 해결했다.

12월 한 달 동안 트럭에 무대 세트, 조명기 신고 돌아다닌 우리는 꼭 유랑극단이 된 기분이었다. 노인회관, 체육센터, 면사무소 강당 등 공연시설이 아닌 곳에서의 공연이기에 현장에 맞게끔 적응하며 관객과 즐겁고 편하게 소통하는 것이 중요했다.

다음 해 2016년에도 선정되어 강원도 영월, 경기도 하남시, 경상남도 경주, 하동, 언양, 경북 청도 등 10곳을 공연하고 다녔다. 경북 청도 공연에 갈 때 시아버님께서 돌아가셨다. 장례를 치르고 화장장까지 갔다가 나는 바로 공연장을 향했다. 산소에 며느리가 나타나지 않았으니 시골에 친척들이 이혼했다고 오해를 했다고 한다. 감히 물어보지도 않고 뒤에서 수군수군했다는 후문이다. 공연하는 배우들이 공연을 못 하게 되는 경우는 딱 한 가지다. 본인 사망. 아! 맞다. 천재지변이 있으면 못하게 되기도 한다. 코로나를 보라. 하지만 그런 경우가 아니면 본인 사망 외 부모님이 돌아가셔도 공연은 올려야 한다. 관객과의 약속이니까.

열 번을 공연하면 열 번 다 다른 것이 연극이다. 매일매일의 배우 컨디션, 배우나 스텝의 실수로 여러 가지 에피소드를 양산하지만 신나는 예술여행 때 있었던 천재지변과 배우 사망이 아닌 배우 사건. 우리 극단의 에피소드를 소개하겠다.

2016년 10월 초 충북 괴산 공연을 향해 고속도로를 달리고 있을 때 태풍 '차바'가 우리나라를 향해 달려오고 있었다. 야외 공연이라 걱정이 되었지만 부산 경남 등 아래 지방을 관통한다고 하니 다행이라 여기고 현장에 도착해 무대 준비를 했다. 하지만 설치를 하는 동안 바람의 세기가 표시 나게 강해졌다. 이장님의 도움으로 주변에 블록들을 가져다가 세트와 조명설치대에 받쳐놓고 현수막도 밧줄로 단단히 묶었다. 야외공연장 오픈 행사와 함께하는 문화공연이었기에 커다란 축하 화환과 화분이 즐비해 있었다. 식사를 하고 해가 서서히 저물어 가는 시간에 행사장에는 빈 의자 하나 없이 관객이 와 있었다. 관객의 에너지가 배우들의 힘의 원천 아닌가. 열연하고 있는데 한 번씩 휘몰아치는 바람 소리가 효과음인지 헷갈릴 정도로 커지면서 무대를 비추던 조명기가 불안해 보였다. 급기야 화환 두 개가 바람에 쓰러졌다. 다행히 조명설치대는 모래주머니로 단단히 고정해 놓은 상태라 이상은 없었지만 불안했다. 연출이 그 옆에서 지키고 있는 것이 보였다. 화환이 넘어져도 관객들은 아랑곳하지 않고 관람에 열중했고 그에 힘을 얻어 잠시 집중을 잃었던 우리도 열심히 연기했다.

그런데 드디어 무대에 사달이 났다. 세워뒀던 한쪽의 가림막이 바람에 무너져 내리면서 소품인 복숭아가 굴러가기 시작했다. 곧 등장해야 하는 복숭아인데. 대기 중이던 배우 김혜정 언니와 박상규 선배님이 힘겹게 테이블을 고정하는 모습과 복숭아를 찾아 기어 다니는 박상규 선배님의 모습이 내 시야에 들어왔다. 걱정과 함께 속으로 웃음이 터졌다. 김혜정 언니와 박상규 선배님은 부부 연극인이다. 아마도 부산의 1호 부부 연극인이 아닐까 싶다. 혜정 언니가 출연하는데 상규 선배님도 여행 삼아 함께 왔었는데 무대 진행 스텝으로 한몫을 하고 있었다. 공연을 중단할 수도 있겠다 싶었는데 끝까지 강행한 것은 흔들림 없이 앉아서 관람 하는 주민 덕분이었다. 빗방울도 떨어지기 시작하는데 일어나서 가시는 분이 한 분도 없었다. 사고 없이 공연을 마치고 이장님이 잡아 주신 숙소에서 식사 겸 소주를 한잔하며 오늘의 스릴 있었던 사건에 대해 떠들고 있었다. 그런데 이장님이 통닭 10마리를 사서 주민분과 오셨다. "좋은 공연 고맙습니다. 이 어려운 여건에 사고 없이 끝나서 다행입니다."라며 격려를 해주셨다.

그런데 이장님이 연극영화과 출신으로 연극을 하셨던 분이시네. 고향으로 와서 지역민을 위해 야외공연장도 만들고 앞으로 문화예술 관련 지역사업을 꾸준히 할 거라면서 포부를 말씀하셨다. 소주 한잔 기울이며 연극과 예술과 오늘의 공연에 대해 늦은 시간까지 떠들었다.

다음 날 아침 태풍 피해로 뉴스가 떠들썩했다. 우리의 다음 공연지가 피해가 아주 컸다. 언양의 공연장에 도착하니 황교안 총리가 내려왔고, 집마다 피해가 너무 큰데 어르신들이 얼마나 공연을 보러 올지 모르겠다며 걱정을 했다. 가축들도 떠내려가고, 차량도 떠내려가고 아파트 지하주차장에서 사망자까지 여러 명 나와서 그야말로 초상집 분위기였다. 천재지변. 공연을 안 하는 게 옳으려나. 하지만 초청 주최인 농협 쪽의 "공연을 보고 힘을 얻으면 더 좋지요."라는 말에 우리도 힘을 얻었다. 무대 설치를 끝내고 숙소로 가는 길도 한마디로 초토화 상태였다. 도로에 흐르는 거센 물살과 흘러내린 토사를 피해 겨우 숙소에 도착할 수 있었다. 다음날 공연이 걱정되어 잠을 제대로 이룰 수 없었다.

그런데 염려했던 것과는 반대로 어르신들은 객석을 꽉 채워주셨고, 즐겁게 관람을 하셨다. 힘든 마음을 조금이라도 잊게 하였다면 이 얼마나 기쁜 일인가. 마치고 부산으로 내려오는 길에서 바라본 피해 상황은 한마디로 "세상에"였다. 강물이 범람했는지 다리 위에 가득 덮인 풀들과 커다란 나뭇가지들. 태풍을 피해서 공연하러 다녀온 것 같은 우리는 다행이었지만 눈에 들어온 피해 상황에 가슴이 무거웠다. 천재지변의 경험을 한 셈이다.

2015년 겨울 공연 때의 일이다. 첫 공연지가 거창군 00면 사무소였고 공연장소는 근처 체육센터였다. 눈이 많이 내렸다. 부산에 살다 보니 눈에 대한 추억 만들 일이 많지 않고, 눈 때문에 고생해 본 적이 없던 우리는 아무 걱정 없이 새벽에 신나게 출발해서 공연지로 달려갔다. 가는 중에 그쪽 담당자에게서 전화가 왔다. 눈이 많이 와서 도로가 마비되어 제설차를 불렀다는 것이다.

"헐~ 공연 못하는 것 아니야? 관객이 못 오는 거 아닌가?"

걱정을 가득 안고 도착하니 여러 대의 제설차와 공무원들이 나와서 제설작업을 하고 있었다. "와 우리를 위해서 이 많은 사람들이 제설작업을. 대한민국 대단해. 좋은 나라야."

감탄사를 연발하며 일하고 있던 공무원들의 환영을 받으며 공연장으로 올라갔다.

첫 공연! 처음은 언제나 설레는 법이다. 처음 경험하는 유랑극단. 무엇보다 중요한 건 사고가 없어야 한다. 예술을 하는 사람들은 누구나 징크스를 갖고 있어서 공연이 임박해지면 조심하고 또 조심한다. 나한테 무슨 일이 생기면 공연이 위험에 처하니까. 그래서 조심과 겸손을 머릿속에 새기고 산다. 다섯 번의 공연이 예정되어있었고, 시작이 좋아야 끝이 좋지 않은가. 즐겁게 조심스럽게 공연에 임했고, 초청한 면사무소 직원들과 관객들의 열화와 같은 박수 속에서 마무리했다. 커다란 현수막 들고 인증샷 찍고 짐 실은 트럭은 다음 공연지로 향했다.

거창 시내에 있는 거창노인대학 분들이 반갑게 맞아주었다. 근처에 숙소를 잡아놓고 무대 준비를 했다. 다음 날 아침 10시 공연이라 무대 작업을 미리 해놓아야 했다. 리허설까지 다 하고 나오니 비가 올 듯이 하늘에 먹구름이 가득했다.

"비가 오겠네. 공연 마치고 오면 좋겠다."

저녁 맛있게 먹고 잠자리에 들어 꿈속에서 노닐고 있는데 새벽에 전화벨이 울렸다. 아버지 역할의 배우 박현 선배였다.

"강 대표 미안하다. 깨웠지. 동희가 배가 아프다는데 병원 가 봐야 할 것 같다."

놀래서 남자들 방으로 쫓아갔더니 동희가 배를 잡고 죽겠다고 뒹굴고 있었다. 심각해 보였다. 벌써 119를 불러 놓은 상태였다. 아들 역할의 동희가 아프면 공연을 못 하게 된다. 박현 선배가 119를 타고 먼저 출발했다.

놀란 여관 주인아줌마가 상황을 듣더니 급체한 거 아니냐길래 혹시나 해서 바늘과 실을 얻어서 연출과 지영이와 함께 병원으로 향했다. 연습 중에 동희가 계속 속이 더부룩하다는 얘기를 했었다. 지영이와 난 체했나 보다 하며 바늘로 손가락을 따주기도 했다. 그랬더니 체기가 없어졌다고 했었는데. 비쩍 말라서 침대에 누워있는 동희를 보니 너무 불쌍해 보였다.

"누나 배가 너무 아파요. 살려주세요."

동희가 신음 소리를 내며 괴로워했다.

병원에서 손가락을 딸 수도 없고, 바늘과 실을 몰래 들고 동희를 바라보고 있는데,

"강 대표 바늘로 따는 거는 진짜 우스운 일이다."

맞다. 체한 정도의 문제가 아닌데 놀라고 다급하니 이런 한심스러운 모습이 되는구나. 몇 가지 상태를 보더니 큰 병원으로 옮기라고 했다. 박현 선배가 가겠다고 했다.

"배우가 가면 어쩝니까. 공연해야 되는데. 연출이 가시고 우린 공연장 갑시다."

"동희도 없는데 어째 공연하니?"

엠블런스를 불러 연출은 대구로 향했고, 우린 숙소로 돌아왔다.

공연시간까지 3시간이 남았는데 온갖 생각이 스쳐 갔다. 공연을 못하니 장면 보여주고 연극놀이를 할까? 사정을 얘기하고 다음에 와서 공연해준다고 할까? 함께 노래 부르고 놀까?

인국이를 불렀다.

"인국아 대본 외워라."

"예. 대표님. 대본 외우라고 할 거 같았어요."

조명 스텝이었지만 연습을 오랜 시간 봤고 프롬프트도 많이 했으니 어느 정도 외우고 있겠지. 하지만 배우 경험이 한 번도 없는데. 아슬아슬 공연을 마쳤다. 대사를 몰라 어정쩡하게 서 있는 인국이에게 작은 소리로 손짓 발짓까지 해가며 알려줘도 객석 맨

뒤에 있는 보경이의 소리가 들릴 리가 없었다. 그래도 인국이는 능청스럽게 잘해나갔다.

대사가 도저히 기억이 안 나면 "엄마 잠시만요. 아이고 배야." 하면서 퇴장했다가 대본을 보고 오기도 했다. 그럴 때는 나랑 박현 선배가 애드리브로 위기를 넘겼다.

"아이고 진짜 공연 좋네요. 공연을 많이 보았는데 이런 감동적인 공연은 처음입니다."

노인대학 회장님과 부회장님이 너무 좋아하셨다. 거창 국제연극제가 오랜 세월 열리면서 거창군민들은 공연을 접할 기회가 많고 향유자로서의 수준이 아주 높단다. 역시 많은 기회의 제공이 필요한 게 문화예술이다.

회장님께 아침의 사건에 관해 얘기 드렸다.

"더 좋은 공연 보여드릴 수 있었는데."

"아이고 그런 일이 있었어요? 우리 전혀 못 느꼈어요. 정말 잘 봤습니다."

그야말로 초긴장 상태였던 우리는 공연이 끝나니 다리가 다 후들거렸다.

아침부터 조금씩 내리던 비는 바람과 함께 세차졌다. 대구병원에 도착한 동희는 검사를 하니 식도에 구멍이 났다고 한다. 가족들한테 연락해서 동희 누나가 병원으로 오고 있다고 했다. 우리는 무대를 정리하고 트럭에 짐을 실었다. 그런데 트럭을 운전할 수 있는 사람은 동희와 연출밖에 없다. 하는 수 없이 트럭은 노인대학 주차장에 그대로 두고, 연출이 대구에서 시외버스 타고 이

곳으로 와서 트럭을 가지고 내려오기로 했다. 날씨는 점점 더 험악해졌다. 내려오는 고속도로는 10m 앞이 보이지 않을 정도로 안개가 자욱해서 바짝 긴장해서 운전했다.

고속도로 휴게소에서 대충 식사하고 도착하자마자 모두 헤어졌다. 씻지도 못하고 밥도 제대로 못 먹고 트럭 몰고 내려온 연출은 밤 11시가 다 되어 도착했다. 연출인 남편은 사색이 되어 있었다. 어린 시절 죽음을 넘나드는 일을 많이 겪었고, 병원 생활도 너무 많이 해서 병원을 질색하는 성격에 약 먹는 거조차도 싫어하는 사람이 앰블런스 안에서 몇 시간을 앉아있었으니 초주검이 되어버린 것이다. 본인도 교통사고로 앰블런스를 타고 큰 병원으로 옮겨 다녔던 기억하기 싫은 경험 때문에 트라우마가 깊은 사람인데. 가까운 식당에 밥을 먹으러 갔다. 밥을 앞에 두고 갑자기 손에 얼굴을 파묻고 소리 내어 울었다. 동희가 너무 불쌍하다고.

동희는 이 작품을 하기 전에 술을 아주 많이 먹는 팀과 공연을 했었다. 매일 술을 먹는다고 했다. 그것도 일차, 이차 해서 새벽까지. 전기 일을 하고 있던 동희는 다음날 출근을 해야 하는데 무리하게 술을 마셔대더니 결국 사달이 난 것이었다.

인국이가 남은 공연도 계속 아들 역할을 했다. 다섯 번의 공연을 다 마무리하고 병문안을 하러 가서 멀쩡하게 귤을 까먹고 있던 동희에게 "야 이제 술 끊어라." 고 하니

"어차피 몇 달간 술 못 마셔요."라며 힘없이 웃는다.

2015년 예술과 여행을 처음으로 함께 했던 우리의 신났던 예술여행은 이렇게 막을 내렸다.

19

안데르센 극장과의 만남

．
．
．

기장군 장안읍 장안사 가는 길에서 왼쪽으로 꺾어 1km 이상을 들어가면 분홍색 사각형의 건물이 있다. 아동·청소년전용 극장인 안데르센 극장이다. 기장군에서 거액을 들여 만들었다.

여름쯤 후배가 기장의 극장에 들어가려고 준비 중이라는 얘기를 했다. "잘 되었네"라며 격려를 해주었다. 그때까지 안데르센 극장에 대해 잘 모르고 있었고, 관심도 없었다. 어느 날 공고가 났다면서 우리 극단도 신청해보면 어떻냐는 제안을 했다. 아동극을 만들어야 하는 극장이다. 대체로 연극인들은 아동극에 대해 편견이 크다. 예술성을 담보하지 못하고, 그저 돈을 벌기 위해 아르바이트하는 정도로 생각하는 경향이 크다. 물론 아동극을 전문으로 하는 극단들이 아이들의 미래와 정서를 위해 열심히 연구하고 공연하는 곳도 많다. 하지만 관객층이 확실해서 기획에 실패하는 경우가 적어 돈을 벌기에 용이하다는 게 일반적인 시각이다. 그런 이유를 들어서 "우리는 안 한다"라고 단호히 얘기했다.

　우리 극단도 아동극 두 작품을 만들었다. 〈클래식아 놀자〉라는 작품과 〈마법의 성과 피노키오의 모험〉이다. 〈클래식아 놀자〉는 2000년 문화의 날 기념공연으로 시작해서 2001년 부산, 창원, 울산 KBS홀에서 공연했다. 광안리 극장 조명기 사려고 통영에 공연 가서 쫄딱 망한 역사는 뼈아픈 이야기다. 광안리 극장을 할 때 주위에서 아동극을 만들어 보라는 얘기를 많이 했었다. 아동극은 돈이 되니까 극장 운영에 도움이 된다는 이유에서다. 아동극을 아주 낮게 보고 있던 남편은 단호했다. "어디 감히 아동극을"

　그때 우리 극단의 식구들도 부산에 몇 개 있던 아동극단에 배우로 출연하며 아르바이트를 했다. 물론 남편은 하지 말라고 말렸다. "연기에 쪼가 붙는다. 다른 일을 해라" 아동극의 연기 패턴이라는 것 때문에 우려해서였다.

　해운대 리베라 백화점에서 하는 아동극을 보러 아이들 데리고 여러 번 갔다. 극단 후배가 나오니까 공짜로 아이들 문화생활을 위해서.

　우리 극단의 작품은 매번 사람을 때리고 죽이고 한다. 어린이집 갔다 온 우리 애들은 작품 연습 장면을 아무리 못 보게 해도 어느새 보고 외운 대사를 하고 있다.

　"당신의 시커먼 탐욕은 드디어…"

"아니야 넌 수박이야. 겉은 파랗지만 속은 빨간 수박!" 하며 둘이서 대사 주고받는 흉내를 내기도 하면 가슴이 철렁했다. 하하하. 지금 보면 아이에 대한 학대 일수도 있겠다.

아이를 키우면서 아동극에 대한 마음이 변했다. "명색이 연극을 하는 사람으로 내 아이들을 위한 작품은 하나 만들어야 하지 않나?" 하며 당시 서울서 작품을 하고 있던 남편이 대본을 써서 보내줬다. 〈마법의 성과 피노키오의 모험〉이었고, 2006년 12월에 첫 무대를 열었다. 이후 여러 차례 공연했다. 재미있고 교훈적인 창작극으로 어른들이 더 좋아했다. 유치원이나 어린이집이 단체 관람을 오면 선생님들이 더 즐거워했던 작품이다.

여하튼 아동극에 대한 생각이 그러했기에 후배의 제안을 일언지하에 거절했고, 남편에게 전혀 애기하지도 않았다. 남천동에 20년 가까이 살다 반여동으로 이사를 왔다. 근처 커피숍에서 남편과 차를 한잔하고 있던 어느 날 문화기획자 차재근으로부터 전화가 왔다.

"대표님 카톡 보냈는데 보셨어요."

"아니요."

"기장 안데르센 극장 위탁 운영 공고가 났는데 한번 해보시죠."

"나도 들어 알고 있는데 아동극이라서 안 합니다."

그렇게 전화를 끊었는데 남편이 무슨 일이냐 물었다. 애기했더니 그걸 왜 안 하느냐면서 새로운 변화, 시도를 해보자고 했다.

아동극이라서 당연히 부정적일 줄 알았는데 의외였다.

남편은 "아이들을 감동시킬 수 있으면 세상을 감동시킬 수 있다." 면서 "미래세대에 대한 책임있는 작품 개발이 우리 극단이 그동안 지켜온 창작극의 중요한 목적 중 하나다." 라고 말했다.

우리 남편이 참 많이 변했네.

그날이 10월 4일이다. 차재근 기획자에게 전화를 했다. 준비하겠다고. 차재근은 이미 〈스트리트 624〉를 위탁 운영해본 경험이 있었다. 준비해야 할 서류를 보니 암담했는데 도와주겠다고 해서 준비작업에 들어갔다. 관공서의 일은 지금까지 하던 서류와는 완전히 달랐다. 제출일까지 보름쯤 남았었는데 살이 4kg이나 빠졌다.

의외로 지원팀이 두 팀 밖에 없었다. 더 많은 팀이 올 거로 생각했었는데 그렇지 않았다. 두 번씩이나 극장을 운영했었다는 거에 심사위원들이 가장 관심을 보였다. 왜 극장을 그만뒀는지 물었다. 두 번 다 극장에서 쫓겨났다고 대답했다. 극장 관련해서 많은 질문이 있었고, 아동극을 해본 적이 있느냐는 질문도 있었다. 현장의 전문가들이 심사위원으로 있다는 것을 질문의 내용을 보고 알 수 있었다.

11시 PT 발표를 하고 집으로 돌아왔다. 1시 10분 담당자에게 전화가 왔다.

"축하합니다. 대표님. 앞으로 잘 부탁드립니다."

"어머 우리가 됐어요?"

이렇게 지금 운영하는 안데르센 극장과의 인연이 시작되었다.

내비게이션으로 안데르센 극장을 찾아갈 때면 "어! 잘못 들어왔나?" 하며 되돌아 나오기 일쑤다. 산속으로 너무 깊이 들어가고, 전혀 극장이 있을 거 같지 않은 곳에 있기 때문인데 연극 전용으로 아주 좋은 극장이다. 부산 시내 제대로 된 연극 전용 극장 하나 없는데 "이 극장을 시내 중심으로 옮기면 얼마나 좋을까" 접근성이 떨어지니 일반적인 연극을 하기에는 용이하지 않기 때문에 이구동성 이렇게 아쉬워한다.

'아이들의 미래는 자유로운 문화 바다 안데르센에서 시작합니다' 우리가 만든 슬로건이다.

우리 아이들과 청소년들의 정서와 창의력, 상상력을 키우기 위해서, 감동과 재미, 교육적인 공연을 위해서 꽃들과 나무, 새들과 동물들, 바람이 기다리고 있는 산속으로 우린 매일매일 달려가고 있다.

20

자유바다가 걸어온 길

·

·

·

　이제 곧 서른 살이 되는 극단 〈자유바다〉가 성숙한 어른이 되었는지 잘 모르겠다.

　걸어온 길을 되짚어 보면 93년 창단, 94년 문화회관 중극장에서 〈물이여, 불이여, 바람이여〉 장우소극장에서 연극배우와 그의 딸, 연극 지망생이자 딸을 사랑하는 남자 배우, 집안에 침입한 도둑과 함께 벌어지는 이야기를 다룬 세미뮤지컬 〈도둑놈 그리고 의원님〉, 95년 〈구달〉 이 작품 초연은 마산국제연극제에 초청되어 마산 소극장에서 공연하였고, 2000년 〈난난〉이란 제목으로 재공연 된다. 96년 〈뮤지컬 오메가 햄릿〉 연극을 하는 극단이 연습실로 쓰고 있는 건물. 그 건물의 주인 아들이 등이 굽은 꼽추다. 아버지는 좌절 속에 사는 아들에게 희망을 주고자 극단 대표를 찾아가 협박한다. 사무실을 비워달라. 아니면 아들을 배우로 써달라. 그것도 공연 준비 중인 햄릿의 주인공 햄릿 역으로. 오메가가 등이 굽은 형태 아닌가. 등이 굽은 햄릿의 공연이 등이 굽은 주인공으로 완성되는 이야기다.

2000년 〈난난〉은 유력한 정치인을 살해하려고 한 석주라는 인물을 변호하기 위해 만난 국선 변호사. 6.25 당시 지리산에 얽힌 학살과 관련하여 석주 본인 집안의 사연을 찾아가는 이야기다. 〈클래식아! 놀자〉 연극과 영상과 오케스트라의 연주를 키노 드라마 형식으로 만든 아이들을 위한 무대로 양산 통도환타지아의 도움을 받아 그곳의 성과 다른 여러 장소에서 촬영하였었다.

2001년 자유바다소극장 개관공연으로 〈카바레에서 만납시다〉 월남전에 참전하고 돌아온 아버지의 고엽제 후유증을 다룬 작품이다. 자신이 전주 이씨 효령대군파 후손이라는 데 자부심이 있던 아버지는 고엽제 후유증으로 간지럼증이 생기자 망상에 사로잡혀 자신이 이 씨 왕조를 부활시켜야 한다고 믿는다. 나의 아들을 왕으로 만들어야 한다며 민비라는 이름의 며느리도 들이고, 대원군이 가야사를 불태운 것처럼 기를 얻기 위해 절을 불태우려다 붙잡혀 경찰서에 끌려가지만 이내 정신병동에 갇힌다. 정신병동에서 환자들과 함께 아들을 왕으로 만드는 꿈을 이룬다. 이 작품은 이후 〈태몽〉으로 제목을 바꿔서 여러 차례 공연했다.

〈꽃 II〉 군의관으로 광주항쟁의 실상을 목격한 아버지의 트라우마에 관한 이야기다. 사람을 살리는 의사가 살리는 일을 못 하고 죽음을 지켜볼 수밖에 없었다는 죄책감. 그로부터 시작된 트라우마는 세상은 무서운 곳이다, 내가 사랑하는 아내와 딸을 무서운 외부세계로부터 지키겠다는 일념으로 그들을 통제하고 감시하고 감금까지 하게 된다. 치유되지 못한 상처가 만드는 또 다른 상처와 비극을 다루고 있다.

2002년 〈서부극을 보러 간 엄마〉 창작극이 아닌 원작 〈잘자요 엄마〉를 한국 배경으로 재구성한 작품이다. 우리 극단에서 창작극이 아닌 작품은 〈서부극을 보러 간 엄마〉와 안톤 체호프의 〈갈매기〉를 재구성한 작품 〈안녕, 갈매기〉 두 편이 있다.

2003년 〈아름다운 이곳에 살리라〉 극단 10주년 기념으로 제목을 열 개 글자로 지었다. 예술과 돈으로 고민하는 연극을 하는 사람들의 이야기다.

2004년 〈나! 테러리스트〉 2002년 우리 극단의 연출이 부산시립극단에서 초연한 작품이다. 부랑자에게 납치된 전직 국회의원이며 국가유공자인 오갑동은 사실상 친일파였고 해방 후 자신의 영달을 위해 독립투사를 암살한다. 오갑동의 지시로 암살에 가담한 윤 대장은 오갑동을 독립투사로 오인했던 자신의 어리석음과 죄에 대한 속죄를 위해 오갑동을 납치하고 오갑동에게 자살을 강요한다.

"자, 이제 우리는 사라집시다. 치욕과 거짓된 역사의 찌꺼기로 그만 악취를 뿌리고 우리가 청소되어야 대한민국 다시 시작할 것 아닙니까?" 높다란 곳에서 하얀 천을 목에 감은 윤 대장은 청산되지 못한 역사와 함께 우리는 사라지자며 오갑동 목에 걸린 하얀 천을 잡아당긴다. 이 작품에서 내가 가장 좋아하는 대사가 있다.

"이 나무는 서대문 형무소 뒤뜰 사형장 가는 길에 있었던 거다. 왜 이렇게 마른 줄 아느냐. 억울하게 죽어간 사형수와 위대했던 우국지사들이 이 나무를 안고 울면서 피눈물의 영혼을 남기고 갔기 때문이다." 서대문 형무소 앞의 미루나무 이야기다.

눈물이 저절로 흐른다.

2005년 〈달궁맨션 405호 러브스토리〉 재개발을 앞둔 허름한 아파트 달궁 맨션 405호에 유부남을 사랑해서 끝없이 기다리는 여주인공이 살고 있다. 임신을 한 채 한 번씩 들리는 남자를 하염없이 기다리는 여자. 가끔 통닭을 시켜 먹는다. 405호에 그동안 많은 사람이 살다 갔다. 돈이 없어 힘들게 사는 조각가. 젊은 남자와 바람피우는 405호 주인 여자. 오랜 세월 투병하다 죽은 남편의 뼛가루를 화분에 뿌리는 할머니. 기다림에 지쳐 가는 여자 사이로 이 집에 살다 간 사람들이 돌아다닌다. 낙태를 권하는 남자와 다툼 끝에 헤어지게 되고 여자도 가방을 싼다.

"아가야 미안해. 난 똑똑해지려고 널 버릴 거야"

빈집에서 통닭 주문이 온다. 배달원은 초인종을 누르지만 문이 열리지 않는다. 이 집에서 살다 간 사람들은 모두 뭔가를 기다리고 있었다. 예술혼이 담긴 조각, 사랑, 남편의 죽음. 하지만 기다림은 답하지 않았고, 기다림의 끝을 위한 자신이 할 수 있는 선택을 하는 내용의 작품이다.

2006년 안톤 체호프 원작의 〈안녕, 갈매기〉는 2004년 부산시립극단의 '체홉 서거 100주년 기념 페스티벌'에서 처음 선보이고 2년이 지나 우리 극단에서 제작하게 되었다. 우리가 흔히 아는 사실주의의 갈매기가 아닌 재창작한 갈매기다.

가족 뮤지컬 〈마법의 성과 피노키오의 모험〉은 아동극에 대한 편견을 아이를 키우면서 없애고 미래세대 아이들을 위한 예술가로서의 책무라는 마음으로 만든 작품이다.

2007년 〈어머니〉 우리 극단의 이동희가 자기 이야기를 써서 만든 작품이다. 교통사고 후유증을 앓고 계시는 아버지와 고생하시는 어머니. 밥도 못 먹고 사는 연극하고 있는 아들과 비 오는 날 막걸리를 한잔하며 듣는 어머니의 삶에 대한 이야기다.

2008년 〈이제 다시 시작이다〉 운동권 출신의 주인공이 현재 학원 강사로 일하며 경제적으로 안정되어 아이들 유학도 보냈다. 오랜만에 친구들과 술을 마시고 취해서 경찰서유치장에서 하룻밤을 보내고 우연히 만난 친구와 부산행 기차에 몸을 싣고... 20여년전 함께 학생운동을 하며 젊음을 보냈던 잊고 있던 친구 정수를 찾아가게 된다.

자신의 과거를 돌아보고, 새로운 시작을 각오하는 스토리의 작품이다.

2009년 〈아름다운 비밀〉은 청소년 약물 예방 연극으로 2008년 〈친구 아이가〉에 이은 담배의 해악에 대해 청소년들에게 교육

하기 위한 목 적극이다. 노래를 잘해 가수가 되고 싶어 하는 딸이 담배를 피우는 것을 알게 된 엄마. 야단을 쳐도 소용이 없다. 어느 날 이모에게서 듣게 되는 엄마의 비밀에 관한 이야기다.

2010년 〈이사 가는 날〉 중앙동에 극장 재개관 작품으로 우리에게 이사 가는 날은 설렘과 새로운 각오로 버릴 것을 버리는 날이다. 하지만 신줏단지처럼 절대 버리지 않는 것들이 누구에게나 있을 것이다. 자수성가하여 부자가 된 우리의 주인공 아버지는 솥단지를 꽁꽁 끌어안고 다닌다. 솥단지를 버리지 못하는 이유와 자수성가하게 된 아버지의 삶을 엿보는 작품이다.

2011년 〈돌고 돌아가는 길〉 부산연극제 최우수 작품상을 받은 작품으로 "일월산 구멍 내면 우리 동네 망한다"라는 구호와 피켓을 들고 데모하는 노인들이 나온다. 개발업체는 무력으로 시위자를 몰아내고 포크레인으로 땅을 파는데 비석이 하나 발견되고 이 비석의 비문과 함께 과거로 가게 된다. 임진왜란이 터지고 아버지 지위 덕에 현감이 된 장 현감은 백성을 버리고 재물을 챙겨 도망을 간다. 조 진사와 그의 아들 구도는 의병을 모아 이 땅과 백성을 지킨다. 전란 후 도망갔던 장 현감은 두려움에 떨지만 "세상을 어떻게 하면 잘 사느냐? 양심만 버리면 된다."는 아버지의 조언에 조 진사와 구도를 잡아들여 고문하고 구도는 죽게 된다. 아버지 조 진사는 "아들아! 구도야! 바다로 흘러가는 천파만류의 물도 재를 넘지 못하고, 울창한 천지만엽의 나무도 심상의 뿌리를 끊으니 말라죽는구나. 구도야! 내 아무것도 할 수 없어

하늘만 한탄하는구나. 아들아! 구도야! 우리의 한을 여기에 담아 비석에 새기노라." 그 사연을 비석에 새겨 아들의 무덤 속에 넣게 된다.

2012년 〈나무 목 소리 탁〉 내 기억으로 2002년이다. 신문에서 목탁 장인의 기사를 본 남편은 바로 전화를 하고 경상남도 거창에 그분을 취재하러 갔었다. 애들 둘을 차에 태우고 태풍이 지나간 지 얼마 되지 않아 태풍의 상흔이 그대로 남아 있는 산길을 달려 허름한 장인의 집에 도착했다. 반갑게 맞이한 장인은 공장에서 만들어져 나오는 목탁 때문에 손으로 직접 만드는 목탁은 설 곳이 점점 좁아지는 추세라고 했다. 가족사를 듣고 작품으로 쓰고 싶다는 얘길 하고 돌아왔는데 작품이 완성되는 데 10년이 걸렸다.

2013년 〈전설의 블루스〉 부산에서 활동하는 예술가인 우리가 나의 지역 이야기를 만들지 않다니, 이제 매년 한편씩 부산 이야기를 만들자. 오래전 사라져 버린 남포동에 있던 황금 다방을 배경으로 한 부산의 음악에 관한 작품이다. 다방 마담이 부르는 노래와 디제이가 들려주는 음악과 가수들에 대한 사연, 음반 제작자의 허풍과 음악 사랑이 절절하다. 이 작품의 주장은 이것이다. 부산은 예술가들에게 영감을 주는 도시다.

2014년 〈전설의 박도사를 불러라〉 두 번째 부산 이야기. 제1회 한형석 연극상을 수상했다. 독립운동가이자 음악가인 먼 구름 한형석 선생. 부산 최초로 자유 아동극장을 만들어 어린이들을 위한 공연도 하셨던 분이다. 그 이름으로 상을 받았으니 정말 영광스럽다. 전국적으로 유명했던 박도사 이야기로 이후 재공연을 할 때는 〈영도다리점바치 전설의 박도사를 불러라〉로 제목을 바꿨다.

2015년 〈바람 바람〉은 '대학로 2인극페스티벌'에 출품했던 작품으로 자신의 정체성을 찾아가는 남녀의 이야기다. 박상규, 김혜정 배우의 2인극으로 중앙동 극장에서의 마지막 작품이다.

2016년 올해의 베스트 작품상을 수상한 〈옷이 웃다〉는 옷 수선집을 배경으로 펼쳐지는 이야기다. 가난해서 초등학교 졸업 후 봉제 공장의 시다로 일하게 된 자숙. 사랑하는 오빠랑 결혼해서 행복을 꿈꿨지만, 자신이 열심히 만들고 있던 드레스를 가지러 불이 난 〈나드리 의상실〉로 뛰어 들어간 오빠는 무심하게도 떠나가 버린다. 이후 평생 옷 수선을 하며 혼자 사는 자숙과 그 주변 사람들의 좌충우돌하는 이야기다. 누구나 가지고 있는 고민, 모순, 아픔, 욕심, 감추고 싶은 비밀. 삶을 어떻게 살아야 할까?
자숙은 대답한다.
"정답은 없어. 틀린 답만 있지. 틀린 답? 고치면 그게 정답이 되는 거잖아. 고칠 수 있는 용기. 손님 다 고쳤습니다. 이제 당신의 몸에 꼭 맞을 거예요. 너무 고민하지 마세요. 고치면 돼요. 내 몸에 꼭 맞게."
옷 수선하듯이 자신을 고치며 살자는 주제의 내용이다.

"누구나 상처 하나쯤은 안고 살아간다. 웃으며 살자고."
마지막 출연 배우 모두가 소리치는 말이다.

2017년 〈한 움큼의 빛〉은 어느 스님의 의뢰로 만든 작품이다. 부산, 창원, 영덕, 서울, 울산으로 순회공연을 했었다. 2018년 〈춤추는 소나무〉로 제목을 바꾸어 시민회관에서 공연을 했었다. 김미경 배우가 여자 주인공이었는데 지금은 서울로 가버렸고, 방송에서 자주 얼굴을 보고 있다.

2018년부터는 안데르센 극장을 운영하게 되면서 안데르센극장 재개관공연으로 〈마법의 성과 피노키오의 모험〉을 공연했다. 엄마, 아빠의 해외여행으로 노기호는 산속에서 전원생활을 하시는 할아버지 집으로 오게 된다. 처음에는 곤충, 나무 등 자연 속에서 재미있게 지내던 기호는 점점 무료한 생활에 실증을 느끼게 되고 투정만 늘어간다. 고민 끝에 할아버지는 기호에게 마법의 성과 친구 피노키오를 만들어서 재미있고 흥미로운 모험 여행을 떠나게 한다. 피노키오와 함께 숲으로 바다로 떠난 여행에서 겪는 모험의 즐거움과 미지의 세계에 대한 두려움, 친구에 대한 우정을 그린 작품이다.

다음으로 안데르센 원작의 동화를 재창작해서 공연했다. "행복은 멀리 있는 것이 아닌 바로 여기 우리 함께 있어요."라는 노래를 부르는 〈해피 커플〉. 이 작품은 2020년 코로나로 공연이 불가능 할 때 온라인 공연으로 만들었다. 왕자와 공주가 행복을 찾아다니다 기장에 와서 행복이 무언지 알게 되는 데 작품 곳곳에 기장지역의 풍경과 특산물, 지역문화 유산을 소개하는 형태로 〈왕자와 공주의 기장 여행기〉를 만들었다.

작가인 이모가 조카들에게 들려주는 사랑 이야기로 재창작한 〈바보 한스〉. 이 작품을 연습할 때 영화 〈극한직업〉이 상영되었고 "지금까지 이런 맛은 없었다"라는 유행어를 패러디해서 "지금까지 이런 추위는 없었다."라는 대사를 만들었다.

추운 겨울날 눈이 내리면 들릴 듯한 소녀의 '성냥 사세요' 이야기 〈성냥팔이 소녀〉를 뮤지컬로 만들었다. 〈성냥팔이 소녀〉 공연을 보고 나온 초등학교 3학년 여자아이가 엉엉 소리 내어 울던 모습이 아직도 눈에 선하다. 함께 관람한 엄마도 울어서 눈이 빨개 있었는데 그 아이는 내가 옆에서 웃으며 이런저런 말을 붙였는데도 울음을 그치지 못했다.

어른들의 허영과 가식을 지적하는 〈벌거벗은 임금님〉은 공연 중간에 관객들의 체험 활동시간으로 아빠와 아이가 올라와서 활쏘기와 총쏘기를 보여주는 장면을 만들었다. 서서 쏴, 앉아서 쏴, 엎드려 쏴 하는 교관의 명령에 열심히 따라 하던 아빠와 아이. 멋진 추억이 되었을 것이다.

〈철마 장군을 불러라〉는 지역이 큰 홍수와 해일로 인하여 오랫동안 물속에 잠겨 있었는데 미역바위의 용굴에서 동해 용왕의 명을 받은 용마가 나와서 물을 빼주었다. 물이 없어지자 용마가 움직이지 못해 햇볕에 굳어져 철이 되어버렸고 쇠로 된 말이 있는 산이라 하여 철마산이라 하였다는 기장의 철마면 이름의 유래가 되는 전설을 토대로 작품을 만들었고, 2019년 차성문화제 축제에서 공연하였다.

2020년 생텍쥐페리의 〈어린 왕자〉를 재창작해서 뮤지컬로 만들었다. 작업이 가장 힘들었던 작품으로 완벽하다시피 한 텍스트의 소설을 대본화하기도 쉽지 않았고, 왕자가 여행하면서 만나는 별에 사는 사람들은 한 사람씩밖에 없다. 일대일로 만나는 긴 여행의 장면으로 아이들의 눈을 오랫동안 사로잡을 수 있을지 걱정이었다. 그래서 역동성을 위해 회전무대를 사용했다. 어린 왕자! 생텍쥐페리가 어른을 위한 동화라고 하지 않았는가. 공연도 어른들이 더 좋아했다.

"정말 기억에 남는 말이 두 가지 있다. 참을성과 말은 오해를 낳는다."

어느 아빠가 나오면서 하는 말이다. 성공적이었지만 코로나로 인한 거리 두기로 많은 관객을 못 만난 것이 못내 아쉽다.

누구 없어요? 사람 없어요?
모래가 자글자글 태양은 이글이글
한 손 가득 모래를 쥐어보아도
손가락 사이로 빠져나가
걸어온 길을 돌아보면
바람이 발자국을 다 지웠네

어린 왕자가 처음 도착한 지구의 사하라 사막에서 부른 노래다. 뜨거운 태양 아래서 사람을 찾아 소리치던 어린 왕자의 뒷모습이 아른거린다.

소개에 빠진 작품들도 많지만, 우리 극단의 대표적인 작품 여정은 이렇다.

창작극만을 만들었고, 앞으로도 그럴 것이다. 지금, 여기의 이야기. 우리들의 이야기를 만들 것이다.

연극계를 떠난 사람, 하늘나라로 빠르게 가버린 사람도 있다. 하지만 여전히 사랑하는 무대에서 땀 흘리고 있는 함께 작품 했었던 배우와 스텝들, 그동안 만난 수많은 관객.

30년이 되는 해 이들과 함께 극장에서 만나고 싶다.

예술가로서 예술단체로서 우리 사회에 책임 있는 작품, 창의적이고 예술적인 작품 개발을 위해 애쓰겠다.

21

글을 마무리하며

.
.
.

매일 40분을 차를 몰고 산속에 와서 하루를 보낸다.

오는 길에 만나는 산의 변화를 보며 시간의 흐름을 느끼고, 벌써 봄이구나, 여름이네, 가을, 일 년이 다 갔다고 놀란다. 도심 생활만 해 온 나로서는 가까이서 바라보는 자연의 변화, 나무, 풀, 꽃, 곤충들이 신비롭다. 하늘은 또 얼마나 이쁜지. 봄, 여름, 가을, 겨울 하늘이 다 다르고, 비가 내릴 때, 태풍이 올 때 시시각각 변하는 구름은 또 얼마나 다른 하늘을 만드는지.

거의 매일 생활하는 이곳에는 혼자서 혹은 엄마랑 같이 도로를 건너는 새끼 고라니가 뛰어다니고, 늦은 시간 어두워진 내리막길 도로에서 만난 멧돼지는 어떻게 철조망을 뚫고 나왔는지 시멘트 도로 위에서 나를 빤히 쳐다봤다. 사무실 유리문 틈 사이에 끼어 꺾여있던 새끼 뱀은 무엇을 피해 여기까지 와 있는지, 119까지 불러서 퇴치한 말벌집이 어느새 다시 눈에 띈다. 지치지

도 않는 개미가 보도블럭 사이로 끙끙대며 들어 올렸을 흙더미
와 구석구석 쳐져있는 거미줄에서 열심히 자신의 역할을 다하는
자연을 본다.

내가 자서전을 쓰게 되리라고는 상상도 못했다.

글재주 없고, 성공한 삶도 아니고 누군가에게 모범이 되는 것
도 아닌 평범한 삶. 얘기하기 부끄러운 과거도 많고 노력을 열심
히 한 것도 아닌 내세울 것 없는 나의 삶.

글을 쓰다 보니 살아온 세월이 화나고, 슬프고, 실패했고, 힘
들었던 일들만 많은 것 같다.

인생은 고(苦)의 연속이라더니. 만약 인생에 있어서 행과 불행
의 비율이 있다면 4:1, 5:1, 아니 9:1 도 될 것 같다. 써놓은 글
을 보니 그렇다.

분명 기뻤고, 즐거웠고, 행복했던 일들도 많을 텐데 기억이 이
것들을 배반하나 보다.

자연을 관찰하듯 자신을 들여다보고 살았다면 좀 더 적게 실
수하고, 실패하고, 좌절했을까?

그래서 불행의 마음도 줄어들었을까?

연극으로 귀결된 나의 길.

내가 맡은 하나의 배역은 한 사람의 인생을 연기하는 것이다.
배우는 변호사도 되고, 의사, 술주정뱅이, 군인, 가수, 경찰, 사기
꾼, 왕, 거지까지 수많은 인생을 살아본다.

작품 숫자만큼 다양한 인생을 간접 경험한 배우는 몇 생을 산 것처럼 성숙할까? 수십 편의 작품을 만든 극단과 나는 과연 그만큼 성숙했을까?

지금까지의 삶, 내가 누구인지 알아가고, 찾아가는 과정이었다.

연극인의 한사람으로 나를 위한 연극, 나를 찾기 위한 연극의 과정을 지나왔으니 이제부터는

나의 역할을 찾아가리라. 묵묵히 자신의 역할을 다하는 자연처럼 나도 묵묵히 주어진 역할을 찾아 다하리라.

너른바위는 세상의 모든 것을 자유롭게 받아들여 바다로 흘러가리라. 자유바다! 너른바위!